講談社文庫

新装版

オレンジの壺(上)

宮本 輝

講談社

目次

オレンジの壺（上）

第一章　錆びた扉

長くつづいた烈しい雨がやっと弱まり、ひととき霧みたいに西から東へと流れ、そしてやんだ。田沼佐和子は、長雨の終わりを確かめるために、十日ぶりに戸外に出、兄がアメリカから送ってくれた銀製のキーホルダーを何度も宙に投げ上げた。

その次の日、アスファルトの道も、コンクリートの階段も、わずかな土や緑も、道行く人間たちも、建物という建物すべても、熱い蒸気の源となってぶつかり合い、混ざり合い、大都会の上空で膨れる入道雲に押さえつけられて行き場を失《な》くした。夏の光を浴びるところは焼けつき、影の中では、ぬるま湯のような汗がはびこって、あらゆる有機物は腐り、無機物は錆びるのではないかと思われた。

夕方の四時前に、佐和子は洗濯物を取り入れ、マンションの六階にある自分の部屋から、真下の道路をへだてて見える小さな公園の周りに目をやった。背の高い老人が、掌に載るくらいの、毛の長い犬を散歩させている。老人の一歩は、犬の十歩よりもはるかに長いので、犬と老人はしょっちゅう絡み合って、そのつど、犬は身をすくめて路上に坐り込んでしまうのだった。そんな老人の、犬を紐で引っ張る力は苛虐《かぎやく》だったが、それは癖であって、きっと老人と犬とはとても心の通い合った仲なのに違いない、といつも佐和子は思うのである。

犬でも飼おうかと佐和子は考えたりしたが、朝と夕に散歩させてやらなければならないことを思うと、どうにも億劫《おつくう》で、まだ当分、この三ＬＤＫのマンションの一室で、息をひそめていようと決めた。

佐和子は、アイス・ティーを作って、それをリビングルームのテーブルに運ぶと、クッキーをかじりながら、ソファに寝そべった。〈お前には、どこも悪いところはない。だけど、いいところもぜんぜんないんだ。女としての魅力も、人間としての味わいも、まったく皆無だ〉。一ヵ月前に、正式に離婚した夫の、別れぎわの言葉は、佐和子の心に深く刺さっていて、それは決まって夕刻近くに甦《よみがえ》り、まだ二十五歳の佐和子の顔を、年老いた失意の寡婦《かふ》みたいにしょんぼりさせるのである。

「あなたも、そんな人間よ」

家庭裁判所の長い廊下で、弁護士と並んで去って行く夫に、佐和子は大声でそう言い返そうとしたが、周りをはばかって黙っていた。

結婚生活は、わずか一年だった。大学を卒業して、父の勧めでロンドンのカレッジに留学したが、半年もたたないうちに見合いの話が持ちあがり、とにかく逢うだけでもという母の強い説得で帰国し、赤坂のホテルで食事をした。

佐和子は、そのとき、格別の好意も悪意も感じなかったが、相手のほうから、数日後、家庭をしっかり守ってくれる人だと思うという返事があった。それは、佐和子にとってまったく驚天動地の返事であった。なぜなら、佐和子は、少なくとも男と女という関係において、男性に受け容れられたことがなかったからである。

佐和子は、六人兄妹の末っ子で、両親も高齢だったので、自分の気持がまとまりきらないあいだに話は進んでしまった。そうして結婚してしまったことについては、佐和子は、自分に自信がなかったせいで、誰の責任でもないと思っている。

アイス・ティーを飲み終え、洗濯物をたたんでいると、母と一緒に箱根に避暑に行ったはずの父から電話がかかった。

た。

「急に思いついてね。夜、一緒に飯でも食わんか」

「いま箱根でしょう？　私、箱根まで出向いて行くのはいやだわ」

いったん箱根に着いたのだが、母だけ残して、いま東京駅に戻って来たと父は言った。

「急に思いついたって、何を？」

「お前の、これからのことだ」

父の悪い癖だ。自分は石橋を叩いて渡るくせに、自分以外の者には冒険を要求する……。佐和子は、そんな父にもう翻弄《ほんろう》されたくなかったので、

「これからのことなんて、まだ考える気にもならないわ。しばらくほっといて」

とけだるい口調で言った。

整理しきれないほどの一瞬の閃《ひらめ》きは鋭利だが、絶えずその鋭利さで横道にそれ、結局、事業家としての穏便《おんびん》な計算が閃きを引っ込ませて、祖父の築いた社業を発展させた。

しかし、跡継ぎの長男以外の子供たち、たとえば次男には、閃いた横道へ強引に進ませ、社業とは畑違いのマンション経営につかせて成功させた。三男には高校生のときからアメリカに留学させ、そこを拠点に西ヨーロッパへの何十回もの旅行の経験を

積ませて、高級なツアーを企画する旅行代理店を創業させ、ここ四、五年で大幅に収益をあげている。

活発で器量のよい長女には、仕事熱心で穏やかな人柄の広告企画会社の若い社長と結婚させ、かなりの資金援助をしてやって、大手スポンサーと直接の仕事が出来るまでに成長させた。小さいときから病気がちの次女は、三十歳になるが幾つかの縁談を断わり、実家に置いて、きままな生活をさせている。

すべては、父の閃きの結果であった。自分の閃きに揺るぎない自信を持ちながらも、実際は小心で、精神的に不安定で、しかも、進歩的でありながら、世の中の規範《きはん》に対しては臆病だった。父にとっては、結果がすべてであるにもかかわらず、失敗に対しての自己弁護には、考えつくかぎりの詭弁《きべん》を弄《ろう》し、情にもろいふりをして、そのじつ冷徹であったりする。少なくとも、いまのところ、佐和子は父をそのように分析しているのである。

父は、都内のホテルの名を告げ、

「八時にロビーで待ってるぞ」

と言って電話を切った。

「どこにも、出掛けたくないのよ」

佐和子は、うんざりして、ひとりごちたが、父がいったい何を思いついたのか、多少の興味も抱いた。まさか、再婚話を持ち出すことはあるまい。父の性格から推測して、その心配だけは無用だと思えた。

叔父から結婚祝いに貰ったドイツ製のドレッサーの傍に立ち、楕円形の、高さ五十センチ、幅四十センチの鏡をはめ込んである樫の木をぼんやり撫でさすった。熟練の職人が手仕事で精密に彫った葡萄の房は、ドレッサーの縁や裏面や頑丈な脚にたわわに実り、葉と蔓《つる》は力強く自在に伸びていた。佐和子は、ほかにすることもないので、何日か振りで、鏡を拭いた。そうしながら、あまり見たくない自分の顔に視線を送ったり外したりした。

たとえ短い期間であっても、夫婦として暮らした男に、女の魅力も人間の味わいもないと言われたことは、いっそう佐和子から光沢を奪ってしまっていた。その言葉が佐和子に与えた傷は、離婚によるそれよりも、はるかに重かったのである。

恐る恐る、鏡に映る顔と向かい合い、佐和子は、決して美人ではないが、器量が悪いというわけではないと思った。普通の顔だ。目は大きすぎないし細すぎることもない。

でも、どんなに工夫して塗っても、アイシャドーは私の目を狸みたいにさせる。鼻も高すぎず低すぎず、ひしゃげてもいない。唇は、閉じると幾分尖ったようになるのが欠点といえば欠点ぐらいで、頬がこけているのは、ここ数ヵ月の離婚による心労のせいだ。

「だけど、いかり肩で、ペチャパイで、お尻は垂れてるし、大根足なのよね」

人間としての味わいが皆無だ……。佐和子は心の中で何回も自分にそう言ってみた。確かに、面白い女ではあるまい。子供のころから、自分の冗談が周囲の人を笑わせたことは稀だし、流行のファッションに飛びついたこともない。友だちとお喋りをするよりも、ひとりで本を読んだり映画館の暗がりに坐っているほうが好きだった。そしてそんな自分を改めようなどとは考えたこともない。

「やっぱり、悪いところもないけど、いいところもない、つまらない女なんだわ……」

佐和子は、ドレッサーの前から離れ、たたんだ洗濯物を箪笥にしまうと、自嘲ぎみにそうつぶやき、顔を洗うために、けだるく洗面所に行った。

約束の時間より三十分ほど早くホテルに着いたが、父の徳之は、すでにロビーの横のラウンジで、抹茶を飲んでいた。六十二歳なのに、固い髪は白くなるばかりでいっこうに減らず、奥歯の一本を十年前に抜いただけで、あとはすべて自分の歯であった。

「ちょっとは、やる気が出たか。人間は、前向きでなきゃいかん。雨の日も風の日も、前を見る」

徳之は、佐和子がテーブルを挟んでソファに腰を降ろすなり言った。

「やる気？　何のためのやる気？」

多少むかっとしたが、佐和子はそれを抑えて訊き返した。徳之は、茶色いジャケットの胸ポケットから、ビニールで覆った薄い紙袋を出し、佐和子の前に差し出した。そして、

「俺は、ことしの九月に社長をやめるよ」

と言った。

「株主総会の根回しも済んだ。博之も今年で三十五歳になる。俺の跡を継ぐにはちょっと早いかもしれんが、帝王学も、いちおう完了ってとこだ。俺は、会長になって、息子のアドヴァイザーに徹する。それに、美奈子にも、おあつらえ向きの相手があらわれた。九州の大学病院に勤めてる医者だ。博之の友人の弟でね、なんと俺やお母さんの知らないあいだに、美奈子はその医者とつきあってた。びっくりしたよ。友だち

の家に泊まるなんて言って、飛行機で九州へ行って、その医者と逢ってたんだ。あの美奈子がだぞ」

「それ、ほんと？」

徳之は、しかめっ面のどこかに笑みを隠して頷いた。小学校二年生のときに小児結核にかかり、そのために中学への進学が二年遅れた次女の美奈子は、高校を卒業するころ、軽い心臓喘息《ぜんそく》を患《わずら》い、無理のきかない体なのだった。

「相手がまた循環器専門の医者ときてる。こんな結構な話はないよ。相手は三十五歳で独身だから、いちおう興信所に身辺を調べさせた。とりたてて問題はなかった。来週の土曜日、正式に美奈子との結婚の意思表示に来る予定だ」

「よかったわね。美奈子姉さん、おとなしそうに見えて、ほんとは凄く無鉄砲で情熱家なのよ」

なんだか自分だけが、ひとりぽつんと道から外れて取り残されてしまった気がして、佐和子は最も仲の良い姉の美奈子の幸福をねたんだ。彼女は父に似たのであろう固い髪の裾をしきりに両手で整え、両親にも兄姉にも黙っているつもりだった夫の別れ際の言葉を、うなだれたまま父に言った。泣きたくなったが、涙は出なかった。

徳之は、佐和子の、聞き取りにくくて短い言葉を無言で聞き、意味不明の頷きを何度か繰り返してから、なおしばらく口を開かなかった。娘を侮辱《ぶじょく》された怒りをむき出しにするかと思っていたが、徳之は意外に冷静に、

「あいつは、お前に対してそう感じたんだろう。そう感じるのは、あいつの勝手だ。あいつにとったら、お前という妻は、そうだったのかもしれん。しかし、俺は、佐和子のいいところをたくさん知ってるつもりだよ」

と言った。父には珍しく公平な判断だなと妙に感心しつつ、佐和子は泣きたいのに涙がわずかでも滲《にじ》まないのを不思議に思った。

「お前の別れた亭主も、人生の機微がわかるようなやつじゃなかったぜ」

徳之は、そこでやっと表情に怒りを込め、大きく鼻で笑ったが、ふいに身を乗り出すと、声をひそめ、

「これから先、どんな人と巡り逢うかはわからんが、俺はいまのところ、田沼佐和子という女は、結婚生活には向いていないような気がする」

そう言って、テーブルの上の紙袋を人差し指でつついた。

「この中には、腕利きの税理会計士の名刺と、二千万円の小切手が入ってる。この金で、何か商売をやってみろ」

「商売？　私が？」

佐和子は、驚いて父の血色のいい顔を見やった。

「自分がやる商売をみつけて、会社を作れ。何でもいい。頭を絞って、自分でみつけてみろ。たとえば、俺の会社の、うんと規模の小さいのでもいい」

「お父さんの会社の、規模の小さいの……？」

父の会社は、第二次世界大戦の前から、外国の食品と酒類を輸入販売する大手代理店であった。イギリスのジャムやママレード、何種類かのスコッチウィスキー、フランスのワインやコニャック……。祖父は単身、船でヨーロッパへ渡り、何ヵ月も安アパートに寝泊まりして、イギリスやフランスやドイツの、食品会社や酒造会社と折衝して、日本での販売権を獲得し、会社の基礎を築いたのである。一時、戦争によって、社業を閉鎖する事態も生じたが、終戦後、跡を継いだ父が復活させ、大きく拡張してみせた。

徳之は、こうつづけた。

「物を作る仕事はリスクが多すぎる。右の物を左に動かして、その利鞘《りざや》で稼ぐ。他人が考えだした物、あるいは考え、それをまた別の人間に届ける。これがユダヤ商法の基本だ。銀行しかり、あらゆるエージェンシーしかり。株がまたしかり」

「でも、そんなこと、急に言われたって」

徳之は、身を乗り出したまま、

「お前は、覚えてるか？　お前がロンドンにいたとき、十日ほどイタリアを旅行して、フィレンツェから俺に手紙をくれた。その中に、こんなことが書いてあった。フィレンツェの町はずれに、小さなブティックがあり、まだ二十五、六歳の男性デザイナーが、一所懸命、店をきりもりしている。その若いデザイナーの作る服は、とても素敵だ。いつかきっと、ローマの目抜き通りに店を構えるような気がする、って」

佐和子は、自分がフィレンツェから父に手紙を出したことなど忘れていたが、そのイタリア人の名前は覚えていた。佐和子がそれを口にする前に、徳之は、

「ルカ・ベルディーニ」

と小切手の入った紙袋を掌で叩きながら言った。

「お前の読みは当たった。いま、この男がデザインする服は、とくに日本の二十代後半の女性に人気がある。だけど、日本での販売権は、もうある商社が握ってる。商社は、いろんな国に目端《めはし》のきくスタッフをかかえてるからな」

佐和子は、そんなものは、たまたまでたらめの勘が当たっただけなのにと思ったが、徳之は、二千万円の小切手の入った紙袋を持つと、それで佐和子の肩を叩いて、

「とにかく、何でもいい、やってみろ」

と言って立ちあがり、地下の中華レストランへの階段を降りていった。

目算があるのか気まぐれなのかは知らないが、ずいぶん自分勝手な言動だな、と佐和子は父のうしろ姿を睨みつけたまま、中華レストランの、すかし細工を施した丸いついたての横で足を停めた。先にさっさと席についた父の隣に、見知らぬ中年の男が坐っていたのだった。赤ら顔で童顔で、ジャケットもカッターシャツもネクタイも、ピンクで統一している。しかし、男はそれを少しも軽薄に感じさせず、佐和子と目が合うと、立ちあがって、

「靴下もピンクなんですよ」

と自分から言って笑った。

「曽根哲治さんだ。まあ、とにかく面白い人でね。これから、いろいろ教えてもらうことが多いだろう」

徳之は佐和子にそう紹介した。曽根は名刺を出し、

「田沼社長には、大変お世話になっています」

と言って坐った。佐和子が曽根と向かい合う格好で坐ると、徳之は、小切手の入った袋を佐和子の前に置き、受け取るよう促した。初めて逢った曽根へのてまえもあり、佐和子はいちおうそれをハンドバッグにしまった。徳之のさっきの言葉に、佐和

子はいやにこだわって、腹立ちは次第につのった。〈俺はいまのところ、田沼佐和子という女は、結婚生活には向いていないような気がする〉

父は、いったい私の何を知っているつもりなのだ。わざわざ留学中のロンドンから呼び返して、性急な見合いをさせたのは、どこの誰なのか。何を根拠に、私が、結婚生活に向いていない女だと思うのか……。

怒りは、久しく衰えている食欲をさらに失くし、前菜を小皿に取っただけで、佐和子は両手を膝の上に置いていた。

「実際、女性の時代が始まったな。だけど、女性は、最終的には訓練のしがいがない」

徳之は言って、温めた紹興酒を佐和子のグラスについだ。

「曽根くんの会社にも、見込みのある女性の社員が何人かいるだろう?」

「ええ、いますよ。うちの女性スタッフは優秀です。大酒飲みだけど」

曽根は笑いながら答え、佐和子を見て、ぺろっと舌を出した。それが何を意味するのかわからなくて、佐和子は曽根から目をそらせた。曽根は、笑うと右の頰に深いえくぼが出来、三十代後半に見えた。佐和子は曽根に年齢を訊いた。

「あと二年で、五十になるんですよ」

「この無邪気そうな顔に引っ掛かって、泣かされた女が山ほどいるんだ」

「泣かされたのは私のほうですよ。もてる男の人生苦ってのも、深刻なんですから」

食事にまったく手をつけない佐和子を窺《うかが》っていたが、徳之は、ウエイターが北京ダックをテーブルの横で皮に巻き始めたとき、

「あわてることはないが、自分の人生を創ろうと努力してみることだ」

と珍しくしんみりした口調で言った。

「何か商売をすることが、人生を創ることなの？」

佐和子はそう言い返したあと、自分の目がきつくなっているのに気づき、小切手の入っているハンドバッグに視線を移した。人間の魅力とは、いったい何だろう。そんな考えが、ふと湧いて出た。容貌の美醜とは無関係に、なんとなく素敵な人間というものは確かにいるものだ。きっと私は、その反対の人間なのだろう。私から存在感を奪い、潤いとか味わいとかを生じさせない元凶は、私のどこに巣喰っているのだろう。

「つかのま面白いんだけど、何もかもビールの泡だ。そんな時代ですよ、いまは。真にドラマティックなものなんて、どこにもない。だけど、とてつもなくドラマティックなものが、私たちの見えないところで動き始めてるって気がするんです。戦争中だ

ったりしたら困りますがね」

その曽根の言葉が、佐和子の、どこまで行っても答の出せない自己分析への想念をなぜか破った。佐和子のなかに、おぼろに残っている祖父の晩年の姿や、断片的な言葉が浮かんだのだった。祖父は、社業を息子に継がせたあと、軽井沢の別荘に蟄居《ちっきょ》し、敷地内に流水庵という別棟を建てて、冬以外はそこから離れなかった。

「お前は、いてもいなくてもわからん子だが、いると、ちゃんと役に立つ」

そう言って、夏休みに軽井沢へ遊びに行った佐和子を、しょっちゅう話し相手にしたものだった。

その祖父が、佐和子に遺してくれたものがひとつあった。それは、祖父の日記である。フランスの客船の三等室に乗り、一ヵ月半かかってマルセーユ港に着き、九ヵ月後に横浜港に帰り着くまでの、詳細な日記だったが、祖父が亡くなったのは佐和子が十歳のときで、その日記帳は、佐和子の手には渡らず、家族の誰かが保管している。孫たちは、それぞれ、十八金の懐中時計とか、デンマーク製のティーカップのセットとか、いまとなっては貴重なレコード盤とかを貰ったのに、佐和子には何の興味もない日記帳が遺されて、当時、彼女は兄や姉たちがうらやましく、「おじいちゃんの日記なんて、いらない」とすねたりむくれたりし、油紙に包まれた日記帳を、母に投げつけたのである。

戦前、ヨーロッパへは船で行くしかなかった時代、ひとりの日本人青年は、商品の買いつけのために、単身でフランス客船に乗って渡欧した。安アパートに居を定め、パリ、ロンドン、ミュンヘン、ウィーン、コペンハーゲンと渡り歩いて、ヨーロッパでも有数の商品の、日本における販売権を得たのであった。

佐和子は、祖父のあるひとことを突然思い出し、我知らず立ちあがりかけた。――悪戦苦闘だったが、楽しいものも哀しいものも、ヨーロッパのあちこちに残してきたよ――。

デザートの杏仁《あんにん》豆腐に少し口をつけ、ジャスミン茶を飲むと、徳之は立ちあがり、

「曽根くん、よろしく頼むよ」

と言って中華レストランから早足で出て行った。腰を浮かしかけたまま、佐和子は呆気にとられて父を見送り、肩を落として坐り直した。

「急に、何か商売をしろったって、困っちゃいますよね」

曽根哲治は人なつっこい笑みで言った。

「私、商売なんてする気はありません」

「じゃあ、その二千万円、どうします？　派手に使っちゃいますか」

おかしそうに笑っている曽根に、

「父は、私のことで曽根さんに何を頼んだんですか？」

と訊いた。

「相談に乗ってやってくれって言われただけです。たいした相談には乗れませんがね」

「でも、小切手のことも、全部、曽根さんには話したんでしょう？」

曽根は、残っている北京ダックを指さし、

「何にも食べてらっしゃらないでしょう？ここの北京ダックはうまいんです。しかも高い。勿体ないから、食べたらいかがです？」

「食欲がありませんの」

「急に暑くなりましたからねェ。じゃあ、包んでもらいましょう。どうせあとでお腹がすくんだから、家に帰って、食べたらいい」

曽根は、ウエイターを呼び、持ち帰るから箱につめてくれと頼んだ。佐和子は、ハンドバッグをあけ、曽根の名刺に見入った。〈株式会社　曽根事務所〉とあり、その隣に〈代表取締役社長〉と印刷されてあるが、いかなる業種を営んでいるのかは、名刺には載っていなかった。

「あのう、曽根事務所って、どんなことをなさる会社ですの？」

曽根は小指で耳の穴をほじり、

「やれることは何でもやるって会社です。つまり、金になることなら、すべてに手をつける。犯罪にだけは手を出しません。それと、やくざが絡む仕事には近づかない。催し物の企画、輸入品の卸しから販売代行、映画やテレビのプロデュース。もし法律が許してくれるなら、人身売買なんか得意の分野ですね」

どこまでが冗談なのか本気なのか区別のつかない屈託のない笑顔は、徳之の言葉どおり少年みたいだったが、それ以上に、人柄の良さも伝えていた。ひょっとしたら、この笑顔と人柄の良さだけで、何人かの人間を雇って、商売を成立させてきたのかもしれないと思わせるところがあった。

曽根は、佐和子をしばらく見つめてから、えくぼを作って微笑み、

「ルカ・ベルディーニ。最初に目をつけたのは、どうも佐和子さんみたいですね」

と腕時計に目をやりながら言った。

「目をつけただなんて……。でも、父はそんなことまで曽根さんに話をしてるんですか？」

曽根は、それには答えず、

「二番目に目をつけたのは、きっとぼくですよ。日本での販売権を、ぼくの会社で根こそぎ頂戴するか、それともこっちは裏に回って、大手商社とのつなぎ役をやるか、相当迷ったんですが、結局、商社とルカ・ベルディーニの仲介役としてマージンを取るほうを選びました。その代わり、商社は、ベルディーニの日本での発表会の企画を全部ぼくにまかせます。プログラムの作成、会場の設定、舞台装置、照明、音響……。それにともなうパンフレットや案内状の制作をね」

この曽根が、ルカ・ベルディーニを日本に進出させた黒幕なのか。佐和子は、どうりで父の口から、ルカ・ベルディーニの名前が滑らかに出てきたはずだと思った。

「ぼくの、本当の狙いは、ベルディーニの妹です。マリア・ベルディーニ。ご存知ですか?」

佐和子はかすかに首を左右に振った。

「バッグのデザイナーでもあり、天才的な職人でもある。とくに、小物が素晴らしいんです。小さなショルダーバッグとか財布、小物入れ……。革のなめし方に独特の技術を持ってましてね。フィレンツェから北へ五キロほどの町で、三年前に自分の店を持った。兄貴の日本での成功で、ぼくにまかせてもいいと言ってます。ただ、契約金をふっかけてきた。三年契約で一千五百万円。ぼくは、儲けよりもリスクにこだわるんです。こういう商品は、売れすぎると急激に価値が落ちる。所詮、革製品の小物類ですから、高価なものでも二十万円てとこでしょう。当たるか当たらないかも博打みたいなもんです。三年契約で一千五百万円は、ちょっと怖い。佐和子さんの会社で、半分を負担してくれるんなら、ぼくは、すぐにでもイタリアへ飛びますよ」

「私の会社なんて、まだありませんわ」

「だから、作るんです。お父さんは、税理会計士の名刺も、小切手と一緒に入れたはずです。その男に、あした電話をすれば、二日もたたないうちに法務局に申請してくれる。有限会社の設立には十日もかかりません」

いくら世間知らずの佐和子でも、すでに父と曽根とのあいだで青写真が出来あがっていたことぐらいは察しがついた。

とにかく突然のことなので、考える時間が欲しい。そう言って佐和子は席を立った。十数年間、気にもとめなかった祖父の日記のことが、心を占めていた。記憶では、日記帳を包んである油紙には、弁護士の印鑑を捺《お》した封印紙が張ってあったので、遺言状にしたためられた受取人以外は油紙をはがせないはずだと佐和子は思った。

結婚式の披露宴を終えたらしい人々でロビーは混んでいた。佐和子はロビーの公衆電話で、箱根にいる母に電話をかけた。

「お父さんと逢ったの？」

母は、佐和子の声を聞くなり、そう言った。

「さっき別れたところよ」

「佐和子に商売なんて出来っこありませんよ。私がいくら言ってもきかないんだから」

理由もなく心がせいて、佐和子は、さらに何か言っている母の言葉をさえぎり、祖父の日記はどうなっているかを訊いた。

「おじいさまの日記？」

「そう。遺言状で、私に譲るって書いてあった日記よ」

あれは、軽井沢に事務所を持つ弁護士が保管していると母は答えた。

「いま、軽井沢には誰か行ってるの？」

と佐和子は訊いた。父も母も、この十年ばかり、夏は箱根ですごすようになったし、兄や姉も、交代で、それぞれ三、四日利用するだけだった。そのため、軽井沢の土地も家も手放そうかという話が持ちあがっていた。

「いまは、誰も行ってないと思うけど……」

「別荘の鍵は誰が持ってるの？」

近くの別荘管理会社に預けたままになっている。母はそう答えてから、

「どうしたの？　いまから軽井沢へ行こうっていうの？　あの日記がどうかしたの？」

「ただ訊いてみただけよ」

佐和子は電話を切った。ロビーの玄関近くに立って、曽根は腕組みをしたまま、佐和子のほうを見ていた。油断のならないところも持ち合わせていそうな男だったので、佐和子は、電話で話す自分の声を聞かれていたのではなかろうかと考えた。曽根は、北京ダックの入った箱を佐和子に手渡し、自分はこれから人に逢うので失礼すると言って、丁寧に頭を下げ、ホテルを出るとタクシーに乗らず、人混みにまぎれ込んでいった。

そんな元気はまるでなかったのに、佐和子はもう今夜にでも、祖父の日記を読んでみたくなった。それで、ホテルのレセプションで時刻表を借りた。いまからマンションに戻って、着替えを持ち、そのまま上野駅へ向かえば、かろうじて〈あさま三十九号〉に乗れそうである。それだと軽井沢に着くのは十一時四分だった。マンションから、軽井沢の別荘管理会社に電話をかけておけば、鍵はなんとかなる。佐和子は、ホ

テルの玄関口からタクシーに乗り、行先を告げ、
「そのあと上野駅まで行くので、そのまま十分ほど待ってて下さい」
と言った。

夏は始まったばかりだというのに、上野駅の信越本線のホームは混んでいた。そのほとんどは、高校生とおぼしき女の子の、たいていが三、四人連れのグループや、テニスのラケットを持った大学生たちであった。それでも、指定席券をなんとか取れて、佐和子は列車が動きだすと、待たせてあるタクシーの運転手に気がねして、どうしようか迷いながらもそのまま持って来た二つの厄介な物を大事そうに膝に置いた。一つは、二千万円の小切手であり、もう一つは、曽根がレストランのウエイターに頼んで箱に詰めさせた北京ダックだった。銀行渡りの小切手は現金と同じだったし、北京ダックの入っている箱からは、白ネギの匂いがたちこめてきた。

佐和子は、何度か北京ダックを捨てようと思ったが、列車が高崎をすぎたあたりから、急に空腹を感じ、捨ててしまうのが惜しくなった。かといって、時間がたてばたつほど匂いの強くなる白ネギと味噌とをあえた北京ダックにかぶりつく勇気もなく、佐和子はせっかく確保した指定席から離れ、車輛を出て連結部の壁に凭《もた》れた。

祖父が、たったひとりで悪戦苦闘しながら、戦前のヨーロッパのあちこちに残してきたという楽しいものや哀しいものとは何であろう。きっとそれは、あの日記の中に書き記してあるのだろう。けれども、私はなぜ急に、祖父の日記を読みたくなったのか……。

物事に対して行動的でもなく積極的でもない佐和子は、ある衝動によって走り出したという経験は一度もなかった。しかも、なぜか孫の中で最も佐和子を可愛がってくれた祖父に親近感を抱いたこともなく、その面影すら、いまでは曖昧になっているのである。

しかし、長いあいだ気づかずにいたことに、とんでもないひょうしに心が向いてしまう一瞬が人間にはあるのだろう、と佐和子は思った。私は、女としてよりも、まず先に人間として、やっぱり魅力のない女なのだ。なぜなら、十八金の懐中時計も、デンマーク製のティーカップも、古いレコードの名盤も、ひとりの青年のある大切な時期を真摯《しんし》に書き留めた日記と比べたら、結局は〈物〉にすぎない。おそらく、祖父は自分の日記を、妻にも息子にも見せなかったであろう。そのような大切なものを、なぜ私に遺《のこ》したのだろう。そして私は、なぜ今日まで、日記の存在をすっかり忘れてしまっていたのだろう……。

佐和子は、祖父が自分に遺した日記を、なぜ突然思い出したのかという問題よりも、どうして忘れ去っていたのかという点にひどくこだわって、いつもの、もうそれが彼女の生き方みたいになっている自己嫌悪の穴に潜り込んで行った。

横川をすぎ、列車が長い急な坂をゆっくり昇り始めると、夜目にもわかる霧がガラス窓に小さな水滴をまぶした。軽井沢駅の改札口を出て、タクシー乗り場に立った佐和子は、見覚えのある顔をみつけて、その、下り線から降りて改札口を出て来る乗客を見つめている八十歳近い老人に目をやった。確かに見覚えはあるのだが、いつどこで逢った人物なのかは思い出せなかった。老人と目が合った。予想以上の冷気が、佐和子の腕に鳥肌を立てた。

別荘は、旧三笠通りからさらに奥まったところにあるので、人の多い駅よりもはるかに冷気は強いだろう、暖炉用の薪はあるだろうか、石油ストーブに灯油は入っているだろうか。佐和子はそんなことに頭をめぐらせながらも、幾度となく老人と目と目を合わせた。

やがて老人は近づいてきて、

「田沼さんでしょうか？」

と佐和子に訊いた。佐和子が、はいと答えると、

「木崎でございます」

そう言って、名刺入れを出し、名刺を佐和子に手渡したが、それはみな木崎のものではなく、そのたびに、木崎は顔をしかめ、

「あっ、これは違うな。あれ、これも違いますな」

と言いながら、ジャケットのポケットをさぐり、眼鏡を捜した。木崎が自分の名刺をみつける前に、佐和子はその老人が誰なのかを思い出した。十年前まで、父の会社の顧問弁護士であった木崎市太郎だった。

あなたのお母さんから電話があったので、お迎えにあがった。木崎はそう言って、駅前に停めてある車を指差した。

「息子が運転して、別荘までお送りしますよ」

佐和子は礼を述べて、木崎のうしろから車の停めてある場所へ歩きながら、なぜ母は、今夜私が軽井沢の別荘に行くことを知ったのだろうと考えた。佐和子は、祖父の日記のことを、電話であわただしく訊いただけで、軽井沢に行くなどとはひとことも母に言わなかった。

「息子から連絡がありまして、それでひょっとしたらと思って箱根のほうに電話をかけましたところ、例の日記の件で、お嬢さんから電話があったと聞き、お迎えにあが

ったわけです」

老人と佐和子が車の横に立つと、運転席から五十歳くらいの男が出て来て挨拶をした。

「一番下の息子です。別荘を管理する会社をやっとります。お嬢さんからの電話に出ましたのは、こいつでして」

と木崎は言った。なるほど、だから、私が何時の列車で着くのかを知っていたのか。佐和子は納得がいったが、なぜ元弁護士だった木崎市太郎が、この夜更けにわざわざ軽井沢駅まで迎えに来たのかはわからなかった。

「いやあ、やっとこの日が来ました」

車が走りだすと、木崎は言った。

「隠居して十年がたちますが、この日が来ないと、私はひとつ仕事をやり残して死ぬことになるところでした」

「どういう意味でしょうか」

と佐和子は木崎に訊いた。別荘に着いてからご説明すると言って、木崎は話題を変え、自分は隠居する五年前に軽井沢に家を建てたのだが、軽井沢で暮らすよう勧めてくれ、土地の世話までしてくれたのは、あなたのお祖父さまの田沼祐介《ゆうすけ》氏であり、いまはその勧めにとても感謝していると言った。

この老人は、どうやら私が祖父の日記を読むために軽井沢に来たと確信しているみたいだが、それはなぜだろう。佐和子はそのことに関して理由を訊こうとしたが、

「私は千ケ滝に住んでおりまして、この軽井沢の本通りまでは、普段なら車で十分もあれば来られるのですが、もう夏になりますと、人間と車の洪水で、ちょっと出向こうかなんて気になりませんよ」

という言葉で口をつぐんだ。何を尋ねても、この一線からしりぞいた元弁護士の老人は、別荘に着くまで教えてくれそうにないと思えたのであった。

車は、本通りの混雑を避けて、森の小径《こみち》に入り、佐和子の知らない径を進んだ。霧は、周辺の樹々の数によって、その濃淡を変え、佐和子が霧の変化に見惚れているうちに、田沼家の別荘に着いた。あらかじめ、管理会社の者が準備しておいたらしく、門から玄関へのS字形の道に設けてある庭園灯にも誘蛾灯《ゆうがとう》にも明かりがついていた。

「私、この別荘に来るのは、六年振りです。大学生のときに来たきりで、それもたった二日しかいませんでした」

老人の息子だという別荘管理会社の社長が玄関の鍵をあけているあいだ、佐和子は建物の横に広く突き出たベランダの向こうに見える流水庵の白壁を見つめてつぶやい

た。

「そうです、そうです。あれは六年前でした。あのときは、お母さまもご一緒でしたので、もしやと思いましたが、すぐに東京にお帰りになりましたな」

木崎は、そう応じ返して、しみだらけの額にまとわりつく小さな蛾を追い払った。

佐和子は次第に薄気味悪くなってきた。祖父の死後、自分は誰かにずっと見張られていたのではないかとさえ思え、その原因が日記帳にあるとすれば、自分と日記帳とはいかなる関わりがあるのか、まるで見当もつかないのだった。

一年近くも人が使っていない建物は、そこかしこが黴臭《かびくさ》かったが、管理会社の手が行き届いているのか、木の床にも、テーブルにも埃ひとつなかった。木崎老人は、息子に表で待っているよう命じ、石油ストーブに火を点けると、二十坪もあるリビングルームの、暖炉の前の椅子に坐って、無言で佐和子を見つめた。さあ、今夜、この別荘におもむいた目的を言ってくれ。木崎老人の目は、あきらかにそう語りかけていた。なんだか恐ろしい事態に発展しそうな気がしたが、佐和子は、いつまでも黙り合っているわけにもいかず、

「祖父は、私に自分の日記を遺しましたわね」

と切り出した。

「ええ。私が包み紙に封印をいたしました」

木崎老人の目に安堵の色がさした。

「私、日記のことなんかすっかり忘れてたんです」

「なるほど、もっともなことです」

「それが、きょう、いえ、もうきのうですけど、父と食事をしてて急に思い出して」

「で、読もうと思われたわけですな」

佐和子の喋り方がもどかしいといった表情で首を突き出し、木崎老人は言った。

「はい。急に読みたくなったんです」

「ご自分の意志で？」

「……はい」

木崎老人は立ちあがり、玄関から出ると、風呂敷包みを持って戻って来た。

「あなたのおじいさま、つまり田沼商事の創始者である田沼祐介氏の死後、この品物はずっと顧問弁護士である私が預っておりました」

風呂敷包みを解き、油紙で包まれた厚さ二センチほどの日記帳を両手に持つと、木崎老人は、かしこまった態度で、

「あなたが間違いなく、田沼佐和子さんであることを証明するものはお持ちですか」

と訊いた。

「車の免許証でよろしいでしょうか」

「ああ、結構です。法律というものは、つまり、こんな形式によって縛られている場合が非常に多いわけでして」

そう言いながら、木崎老人は佐和子から受け取った運転免許証を見た。そして言った。

「それでは、田沼祐介氏の遺言状にしたがって、この日記帳を、田沼佐和子さんにお渡しいたしますが、その前に、若干の事情説明をさせていただきます。田沼祐介氏は、亡くなる三ヵ月前に、私を立会人として、遺言状を作成なさいました。その中で、渡欧中にしたためた日記帳を孫の田沼佐和子に譲ると書かれたあと、ただし本人が自らの意志によって日記帳を求めない場合は譲渡せず、田沼佐和子以外は何人《なんぴと》も日記帳を読むことは出来ないと添え書きされ、さらにもう一項、何人も、田沼佐和子に、日記帳を読むよう強要したり促したりしてはならないとお書きになったのです」

佐和子は、妙に粛然とした思いで、封印紙に捺《お》された木崎の印鑑の書体に見入った。木崎は封印紙を破り、油紙をはがして、上質の和紙に包まれている日記帳を佐和子に渡すと、

「あなたが、おじいさまの日記帳に永久に興味を示さなかったら、この日記帳も永久に眠りつづけるところでした」

とつぶやいて、深い溜息をついた。

石油ストーブの火は、いっこうに広い居間を暖めなかった。佐和子は、暖炉の上にしつらえられた大理石の台に、ひとまず日記帳を置き、お茶をいれるために立ちあがったが、木崎老人もほとんど同時に立ちあがり、

「それでは失礼いたします。朝方は随分冷えますので、掛け蒲団は二枚重ねておやすみになったほうがいいでしょう」

と言って、初めて笑顔を見せた。せめてお茶でも飲んでいってくれと引き留めたが、もう夜も遅いのでと木崎老人は固辞し、玄関口で靴を履いたあと、

「じつは、これまで何度も、あなたのお父さまや、一番上のお兄さまから、あの日記帳に関して強硬な働きかけがありました。つまり、日記帳を自分たちが手に入れる方法はないかという働きかけです。田沼商事の創業七十周年を記念して、創業者の若き日の日記を本にして出版したいというのが表向きの理由でした。しかし、あなたのお父さまにしてもお兄さまにしても、田沼祐介氏がなぜ自分の日記帳を、孫の田沼佐和子に譲ったのか、なぜあんな添え書きをつけたのか、それが不思議でならなかったの

でしょう。いったい何が書かれてあるのかを知りたいのは当然でしょうな」

南から北へとゆっくり移動する霧は、濃い部分と薄い部分を誘蛾灯の周りに作って、自己の仕事に忠実な老人のうしろ姿を一瞬にして包み込んだ。

車の去って行く音が聞こえなくなったあとも、佐和子は玄関口にたたずんで、青味を帯びた霧を見ていたが、冷気が居間に流れ込んでいるのに気づき、ドアを閉めた。そして、台所で湯を沸かし、茶の葉を捜した。冷蔵庫のコンセントは切ってあり、食べる物は何ひとつなかった。固形燃料に火をつけ、その上に薪を置いて、暖炉の火が勢いをつけるのを待ちながら、佐和子は北京ダックを食べた。

薪が火を噴きあげるまで二十分近くかかった。暖炉の火が大きくなると、佐和子は、以前まで両親の寝室だった部屋に行き、ほころびて、いまは誰も使わなくなったカシミアの膝掛けを捜しだし、再び暖炉の前に坐り、〈田沼佐和子に譲る〉と墨文字でしたためられた日記帳の包み紙を見つめ、糊《のり》づけされている部分をゆっくりはがしていった。

第二章　祖父の日記

　赤茶色の固い表紙には、一九二二年という文字が型押ししてあり、背表紙も裏表紙も隅がすりきれていた。いちおう佐和子はページの何枚かをくってみたが、この日記をなぜ孫の佐和子に遺すのかを説明するような手紙はおろか、メモ用紙一枚みつけることは出来なかった。

日記は、大正十一年三月五日に横浜港を発った日から始まり、同年の十一月に終わっている。鉛筆で書かれている部分もあれば、万年筆の部分もあり、ときおり、毛筆にインクをひたして書いてあるところもあった。けれども、どれも細かな几帳面な書体だった。

佐和子は、祖父が明治二十年生まれだったことを考えハンドバッグから手帳を出すと、渡欧の年の、祖父の年齢を計算してみた。満三十五歳であった。当時は、男性も女性も結婚年齢が早かったはずなのに、どうして祖父は三十八歳まで独身だったのだろう。佐和子は日記の表紙の、すりきれた部分に染みつく手垢やインクの滲みに目をやって、そう思った。祖父が三十八歳で結婚したことは、父から聞いて、なぜか覚えていたのである。写真では幾度か目にして、その容貌はぼんやり覚えているものの、佐和子は祖母に逢ったという記憶がなかった。祖母は、二十歳で田沼祐介の妻となり、自分より十八歳も年長の夫より五年早く死んだのである。

一九二二年三月五日

本日、いよいよ出発する。船は一万三千トンで、私の船室は機関室から相当離れているが、エンジンの音、はなはだ耳に響く。荷を積む作業に手違いがあった様子で、出航は予定より四十分遅れる。そのお陰で、金沢よりわざわざ私を見送りに来た太吉叔父と対面できたことを天の配慮のように感じる。太吉叔父には二つの目的があった。一つは、あやのことである。あやの子供が、今年小学校を卒業する事、及び良人の病、芳《かんば》しくない事を、私に耳打ちし、さかんに、逢えてよかった、出航時間に間に合ってよかったと歓ぶ。いま一つは、純金の延べ板五枚を、私に手渡すことであった。外国では、貨幣よりも金《きん》のほうが安心であるから、困ったときに換金しろと、私の外套のポケットに突っ込む。そして、このことは両親には内緒にしろと言い含む。

　両親、姉、弟、大沢夫婦と挨拶を交わし、タラップを昇る際、しきりにあやの面影がよぎる。あやと一緒に行きたかったという思いに駆られるが、すでに過ぎ去ったことである。仏蘭西《フランス》人や英吉利《イギリス》人の家族連れと共に柵に並び、皆に手を振るが、その姿、たちまち灰色の点のようになって消える。

　私の三等室には他の客はなく、マルセーユまで個室を得たのも同然だと、仏蘭西人の船員に告げられる。その船員の仏蘭西語を解するのに手間取り、不安を覚えるが、二等室の仏蘭西人宣教師の言葉は八割方理解できた。船員はいなかの訛りが強く、正しい仏蘭西語ではないとのこと。それで安心して、荷物をそのままに甲板に出た。寒風が強く、私の祖国の島影は仄《ほの》か……。

　夕食の際、旅の道連れとなった人々を観察する。その中に斎藤と名乗った武官夫妻と知遇を得た。独逸《ドイツ》の大使館に赴任するとのこと。年齢は三十二歳。夫人は二十六歳。美男美女の典型のような組み合わせであるが、いずれも多少高慢な物の言い方で、私の渡欧の目的を聞き、商用だと答えると、遠回しに詮索を始めた。私の名刺を見、どんな実績があるかと聞いた。相手は武官である。機嫌を損わせるのは得策ではないと用心し、私の社は三ヵ月前に創業したことを正直に答える。斎藤武官が言うには、「君、実績もない会社を相手にするほど、今のヨーロッパは暇ではないし金持でもない。大戦の被害から、勝った国も敗けた国もいまだ立ち直っていないからね。折角の渡欧なのだから、無駄な勇気を浪費しないで、ゆっくり観光でもして帰りなさい」。

私は、船室に戻り、鞄から日用品や着替を出し、それぞれを収納する場所にしまいながら、ヨーロッパに一歩一歩、布石を打って歩くことを固く決意した。日本の文化の行方について思考する。私は日本の軍部の誇大妄想患者ではない。

一九二二年三月八日

昼前、神戸港に着く。出航まで四時間はかかるとのこと。埠頭《ふとう》で、庄野と滝本が出迎えてくれる。三ノ宮で食事。庄野は来年上海へ、滝本は夏に香港へ行くと言う。庄野はコミンテルンの現状について熱を込めて語る。誰から仕入れたか、ヨーロッパのヴァイマール体制の行末を論じ、ヴァイマール体制がファシズムの増大に必ずつながるであろうと眉をひそめる。しばらくは食べられまいと笑い、滝本がトンカツとおでんを馳走してくれる。夕刻、神戸港を出航。エンジンの音がうるさく、脱脂綿で耳栓を作るが効果がない。マダム・アスリーヌの住所と、巴里《パリ》の地図を眺めたあと、太吉叔父に貰った純金の延べ板を鞄から出す。一枚が五十瓦《グラム》である。太吉叔父の若い頃のあだ名が「錬金術師」であったことを思い出し、ひとりで声をあげて笑う。

一九二二年三月十日
鹿児島の南端はついに見えない。デッキに立ち、何とか見つけようと試みるが、祖国の島影は視界の及ばぬところである。四方八方、ただ海ばかりである。不意に天涯孤独であることを感じる。

佐和子は、祖父の日記を、低くて丸いテーブルに置き、冷たくなった茶を捨てて、あらたに茶を入れた。新聞を読む程度で、この一、二年、まとまった文章に神経を集中させることがなかったせいか、頭が重くなってきた。
佐和子は、少し日記のページをとばし、流し読みしながら、祖父の字を追い、濃くて熱い茶をすすった。そうしているうちに、佐和子には、その意味が解せない言葉が多いのに気づいた。たとえばコミンテルンだとか、武官だとか、ヴァイマール体制だとか、さらには、祖父が渡欧した一九二二年という時代下の世界情勢そのものであった。

一息いれてから、佐和子は、父がかつて書斎として使っていた二階の北向きの部屋に、百科事典が置いてあったように思い、やっと暖炉の火によって暖まってきた居間から出ると、湿った廊下をとおってその部屋に入った。百科事典はなかったが、広辞苑がほとんど本のない書棚の端に立てかけられていた。再び居間に戻り、コミンテルンという文字を捜した。そこには〈第三インターナショナルのこと〉とあり、彼女は第三インターナショナルのところに目をやった。次のような説明がなされていた。

――「共産主義インターナショナル」をいう。世界各国の共産党の統一的な国際組織。一九一九年、主にレーニンらの指導下にロシア共産党とドイツ社会民主党左派とを中心に世界各国の共産党・左派社会党グループの加盟によって創立され、国際共産主義運動の指導にあたったが、第二次世界大戦中、一九四三年に解散された。コミンテルン。赤色インターナショナル。国際共産党――。次に佐和子は〈武官〉の項目を捜した。――軍務にたずさわる官吏。旧陸海軍の下士官以上の軍人――。

それから佐和子はヴァイマールという言葉を捜したが〈ウ〉の項には載っていなか

った。けれどもワイマール憲法だとかワイマール体制という言葉は、高校時代に世界史の授業で学んだ記憶があり、〈WA〉をドイツ読みすれば〈ヴァ〉と発音するのに気づき、〈ワイマール〉の項を捜して辞典のページをめくった。そうしているうちに、佐和子は、女がいかに歴史というものに興味を示さない生き物であるかを知った。

ワイマール憲法として辞典には説明がなされていた。――第一次世界大戦敗北によるドイツ帝国崩壊後、一九一九年、ワイマールで開かれた国民議会で成立したドイツ共和国憲法。近代の民主主義憲法の典型とされる。一九三三年、ナチスの政権掌握によって消滅――。

「こんなことしてたら、おじいさまの日記を全部読むのに十日ぐらいかかるわ」

佐和子はそうひとりごちて広辞苑をテーブルに置いたが、時代がいかなる動き方をしていたのかをまったく知らずに読むのと、そうでない場合とを考え、やはり、解せない用語は、そのつど理解しながら日記を読み終えようと決めた。

祖父の日記は、毎日つけられたものではなく、ときには十日近く空白の日もあったが、初めて異国を目にした感動は、香港に着いた日や、ベトナムのサイゴンに寄港し、市内を見物した日に、克明な長い文章でしたためられてあった。サイゴンを出発して三日後に、大きな台風に襲われ、船室の中で天と地がさかさまになったかのように錯覚して、「おれは日本男児だ。船酔いで死んでたまるか」と叫びつつ転がり回ったことをしたためた文章は、祖父の若き日を彷彿《ほうふつ》とさせ、佐和子を我知らず微笑ませた。

祖父の乗った船は、アラビア海から紅海、そしてスエズ運河を経て地中海を渡り予定より十日遅れてマルセーユ港に着いていた。佐和子は、日記の中に頻繁《ひんぱん》に登場するマダム・アスリーヌなる女性と、イタリア人宣教師、それに斎藤武官夫妻に興味を抱いたが、それよりも、追憶として登場するあやという名の女性の存在が気になった。とりわけ、マルセーユ港の岸壁に降り、フランスの土を踏んだ日の日記は、祖父とあやという女性との間柄をそれとなく浮かびあがらせている。

一九二二年四月二十五日

ついに仏蘭西に来た。十二年前、あやと約束したことを果たしたのだ。あのときの言葉どおり、あやと一緒にマルセーユ港に降りたならば、どれほどの幸福であろうか。あやへの申し訳なさがつのり、土人の、痩せた労務者たちの乾いた肩や背に、つかのま見入っているうち、思わず涙ぐむ。あやの良人の病の平癒《へいゆ》を、今日ほど真情を以って祈ったことはない。

霧雨の中、ベルリーノ神父と共に停車場へ向かう。馬車の往来が激しく、物売りの声があちこちより響く。アラビアの船、イタリアの船、英吉利の船が、忙しく荷の積み降ろしをしている。斎藤武官夫妻の乗った馬車が私の横を乱暴に走り過ぎ、石畳の四つ辻で、樽を満載した荷馬車とぶつかりかける。

ベルリーノ神父は羅馬《ローマ》行きの、私はリヨン行きの切符を買い、駅構内の食堂で発車までの時間をつぶす。私のほうが一時間ほど先にマルセーユ駅から出発することになる。ベルリーノ神父と同じ船中で過ごした五十日は、極めて有意義な日々であった。彼は、数奇な運命のひとで、五十歳で伝道者となったので、ヨーロッパの大衆の生活に通じ、細やかな世間知にも通じている。ベルリーノ神父の紹介状は、アパルトマンを借りる際、おおいに役立つであろう。

駅には、そこかしこに、しゃがみ込んでいる人々がいる。浮浪者ではなくジプシーとのこと。皆、髪は黒く、目も黒く、悄然《しょうぜん》として気色がない。生ける屍の様だ。中に、日本人に似た顔立ちの少女がいる。十八歳のあやに似ている。あやに手紙を書こうとする衝動が強く、苦いだけの珈琲にミルクも入れず飲む。私の渡欧のことは、太吉叔父より聞いているはずと思い直し、衝動を抑えつづけた。とりわけ異国の駅は、人間に過去を思い出させる道具立てが揃っている。シグナル、ジプシー、汽笛、旅人たち……。美しいあやまでが、どこかにいるような錯覚をもたらす。リヨン行きの列車がプラットフォームに着き、ベルリーノ神父は、わざわざ私の荷物の一つを持ってプラットフォームまで送った。彼は、すでに用意してあった様子で私に一枚の紙を渡す。云《いわ》く「私の友人の住所です。巴里で大戦前から肉屋を経営しています。私の名刺を見せれば、安く売ってくれるでしょう。イタリア人ではなく南仏蘭西の出身ですが、奥さんはユダヤ人です。あなたと年齢は同じくらいで、二人とも善人です」。私は、深く謝辞を述べ、ベルリーノ神父の長軀が視界より消えても、車窓にたたずむ。

午後四時、巴里に到着。プラットフォームで石垣君を捜す。船が予定より十日も遅れたため、あるいは逢えぬかも知れないと思ったが、プラットフォームの端より駆けて来て、いきなり「やあ、まだ日本の匂いがするな」と私の体のあちこちを嗅ぐ。石垣君からは絵具の匂いが立ち昇り、爪にも絵具がこびりついている。「いいアパルトマンをみつけておいた。十三区の中央部で、割合静かなところだ」と言い、駅の構内から外に出る。マルセーユとはまったく異なった趣きである。彼は、大戦中も巴里から離れず、ひたすら絵を描きつづけた日のことを、のべつまくなしに喋る。「日本語に飢えてるからね」と彼は笑う。

贅沢は一切許されぬ旅である。最も案じていた巴里の物価は、私の予備知識をはるかに超えている。しかしながら、電車で行こうとする私を制して、石垣君は馬車の乗り場に歩を運び、さっきから待たせてあったから乗れと言う。「俺の奢《おご》りだ。セーヌ河のほとりを、ゆっくり馬車の窓から見るのもよかろう」と言い、金ならまかせておけと景気よく笑う。しかし、彼の絵が売れるようになった話題は出ない。セーヌ河に沿ったマロニエの並木は、指先ほどの新芽を無数に吹き出している。あと十日もすれば黄緑色の葉が巴里中で萌えると、石垣君は説明した。

ルーヴル美術館を眺めているうちに、突如、私の視界に凱旋門《がいせんもん》が飛び込む。私は、しばし黙って、黄昏の凱旋門を見つめる。やはり今夜、無事に着いたという手紙だけでも、あやに書き送ろうと決める。あやの憧れていた巴里は、古色の中にあって華麗である。大戦の傷跡をいたるところに散見するが、欧羅巴の都の風情を喪《うしな》っていない。あやは、巴里からの手紙を、読み終えてから、捨てるであろう。

アパルトマンの女主人は、大戦で二人の息子に先立たれた寡婦である。事前に、石垣君が部屋代の交渉を済ましていたが、それすら私の予想の三割近く高い。台所と寝室、六畳ほどの居間、それにトイレットと風呂が付く。壁紙ははがれ、日当りも悪い。それ故に部屋代をまけたのだとのこと。明日、ベルリーノ神父に紹介されたアパルトマンを訪れるつもりだが、部屋代は前払いのため、五月一杯は、この部屋に居を定めるしかない。

四月二十六日

早朝、雨の音で目醒《めざ》める。長い船旅の疲れであろうか、横になっていると地震かと錯覚するほどの揺れを感じる。船の揺れが、私の神経に残っているのか。これから先のことを思って、今日一日は休養にあてようと予定を変更した。台所用品、当面の食料などを揃えねばならない。

アパルトマンの住人は五所帯である。その中の、子だくさんの大工の家族は、私の部屋の真上《まうえ》に住んでいる。女の子の泣き声、それを叱るような細君の金切り声が聞こえる。

居間の窓からも寝室の窓からも、私が身を寄せているアパルトマンとほぼ同じ形の石造りの建物が屏風のように立ちはだかって、視界をさえぎっているが、浴室の小窓からは、セーヌ河畔がわずかに見える。髭を剃りながら、眼下の石畳の通りを行く馬車を眺める。雨に濡れた馬の風情はあわれを誘って、早くも私の胸に望郷の念が湧き出てきた。

節約を誓ったが、せめて巴里における最初の朝は外食をしようと、強い雨の通りに出た。板張りの屋根の下で野菜や果物を売る露店がある。それぞれの店の主人は、雨《あま》合羽《がっぱ》をまとい、ほうぼうのアパルトマンの窓に声を掛けている。みな顔見知りなのか。幾分下り坂の通りの角に、〈カフェ・ド・アンドレ〉と看板を掲げる店がある。香ばしいパンの匂いと、数人の客の人相に魅かれて入る。ならず者らしい人間は見当たらない。窓ぎわのテーブルに坐り、カフェオレと黒パン、それにオムレットを註文する。卵は三つか四つかと訊かれ驚いた。仏蘭西人は、朝から卵を三つも四つも食べるのかと思い、周りを眺めるが、オムレットを食べてる人はいない。みな、カフェオレとパンのみで、質素である。私は、二つと答え、煙草を吸う。パンは、店の真ん中の、籠に入れてあるのを、勝手に取るものらしく、主人は、カフェオレのみ先に運んで、籠を指差した。一枚板のカウンターに〈マダム・アスリーヌ〉のラベルを貼った苺ジャムとママレードの壜を見つけ、近づいて手に取った。十二年前、これを私に食べさせたのはあやである。仏蘭西から帰国した広瀬一等書記官の妹が、あやに進呈し、それを、あやは大切にふところにしまって、私と共に味わおうと、神田のパン屋で仏蘭西パンを買い、私の下宿を訪ねた日も、また強い雨の朝であった。私は、必ず商談を結んで日本に帰ろうと、あらためて決意した。不思議な心持ちにひたり、ラベルの文字に見入っていると、主人が無言で私の手から苺ジャムの壜を取り、出来上がったオムレットと一緒に私のテーブルに置いた。私は、ジャムを塗れば料金を取られると思ったが、そうではなかった。幾らでも塗れと勧められた。「あんたは日本人かね?」と、主人に話しかけられ、私はそうだと答えた。他の客の去ったテーブルを片づけながら、主人は、旅行者かとたずねた。商用ですと答え、カフェオレを飲み、昨日、日本から着いたと言うと、主人は、ふいに饒舌《じようぜつ》となり早口でまくしたてた。何を言ってるのか皆目わからず、もうすこしゆっくり喋るよう頼むと、初めて人なつこく笑った。

「馬鹿な戦争だった。仏蘭西は勝ったが、死んだり行方がわからなくなった人間は、なんと百三十一万人だ。怪我をした者も、それと同じくらいの数になる。仏蘭西だけでも、それだけの被害を受けた。他の国も、負けた国も合わせれば、その十数倍になるだろう。俺の弟は三人とも、南部戦線で死んだよ」

ときおり、私にはわからない単語や熟語や慣用句があるが、おおむね、そのような意味である。私は、上着の内ポケットより小型の和仏辞典を出し、大戦に対する私の意見を述べた。しかし、他国にて感情的な言動は厳につつしむべきであるとの友人たちの忠告を思い起こし、途中で話をやめ、オムレットの味を賞める。どこかホテルに滞在しているのかと訊かれ、アパルトマンの経営者の名を答えたら、「あそこの婆さんの息子も、西部戦線で死んで、遺品も帰ってこない。建物は古いが、面倒見のいい、親切な人だよ」とのこと。

昼前、アパルトマンに帰って、昨夜、書き残した手紙を書く。ほんの一、二時間のつもりで昼寝をしたら、目醒めると夜である。雨はやんだが、巴里中が深い霧の底に沈んだ気がする。

佐和子は時計を見た。午前三時半であった。彼女は、マダム・アスリーヌという人物が、ジャムやママレードを作る職人で、商品名に自分の名をつけていたことを知ったが、祖父が日本での販売権を得た壜詰めのジャムとママレードは英国製で、銘柄も〈マダム・アスリーヌ〉ではなかった。その英国製のジャムとママレードは、いまも田沼商事を通じて日本で販売されていた。佐和子は暖炉に薪を二本足し、日記のページをめくった。

四月二十七日

朝から寒気がする。どうやら風邪をひいた様子。気は焦るものの、無理をしてこじらせてはならないと自重し、一日中、ベッドに伏す。

四月二十九日

朝、九時にアパルトマンを出て、マダム・アスリーヌを訪ねるため、何も食べずに市電に乗る。一年前に日本より届いた私の手紙を、マダム・アスリーヌが記憶しているか否か、はなはだ不安である。住所を書いた紙を見せ、車掌に道を訊くが、無愛想で降りるべき駅名以外は答えてくれない。屋根を修復中の建物が多い。壁に左翼のスローガンがペンキで書かれた建物もあり、逆に右翼のスローガンらしいビラも散見される。乗客たちの表情の硬さを不審に思ったが、その理由はモンマルトル通りの中程で判明する。鳥打ち帽の青年が不意に席から立って演説を始めた。その声は、悲痛である。早口で、私には青年の言葉の半分もわからない。青年は私とほぼ同年齢であろうか。青年のイントネーションは、巴里人のそれではない。外套を着たちょび髭の男と、新聞を読みふけっていた太った人相の悪い男が、ただちに青年の腕をねじり、運転手に停車を命じる。急な停車で、立っている人どころか、座席に坐っている老人までが倒れる。

青年は、腕をねじあげられたまま、大声で言う。「いつか我々が勝つ。君たちは愚かな羊だ。未来を思考せぬ犬だ。我々、共産主義者の言葉を聞け。我々は必ず勝つ。我々の勝利は、あしたではない。我々の孫の、そのまた孫の時代だ。新聞にだまされるな。権力者の仮面にだまされるな」。私は、青年の喋り方が次第に落ち着いていくさまに心を打たれた。私服の官憲が線路脇に投げ落とした青年の首を殴打した。私は、そのさまから目をそむけず凝視する。おそらく、青年は官憲の尾行から逃れられないと悟って、このような挙に出たと察せられる。乗客も道行く人も、そのまま放置すれば線路脇で殺害されかねない青年を冷やかに眺める。私は断じて共産主義者ではない。しかし、抵抗できない者を殴打する官憲を強く憎んだ。時代は、狂気へと歩みつつあるのかと感じて、心が暗かった。権力の暴力に民衆が無抵抗であれば、さらに巨大な暴力への進行を容認するも同じである。

市電から降りて、マダム・アスリーヌの仕事場を探す。親切な青年が近くまで私を案内してくれる。マダム・アスリーヌは不在であったが、娘と称する十八、九歳の勝気そうな女が応対に出て、母は病気であると言う。娘は、私が書き送った日本からの手紙を知っているようである。私を事務所に通し、我が社の製品を高く評価され光栄ですと微笑む。

事務所から細い通りを隔てた煉瓦造りの建物が、ジャムやママレードを作っている作業場である。娘の名は、ローリーヌ・アスリーヌ。二十歳とのこと。事務所に出入りする従業員は、彼女をローリーと呼んでいる。自社の製品を輸入する目的で日本から巴里に来た私に、誠意をもって応対する。しかし商談は進まない。

ローリーヌ嬢が言うには、「母の病気は重くはありませんが、かといって軽くもありません。製品の外国への輸出に関する権限を、母はまだ私にまかせてくれません」。そして、〈マダム・アスリーヌ〉の製品を買いつけるためのみが目的で、日本から来たのかとたずねる。私は鞄から手帳を出し、仏蘭西の二つの葡萄《ぶどう》酒会社と、英国のジェームス・バーラップ社の名をあげる。ローリーヌ嬢が言うに、「ジェームス・バーラップ社の紅茶は世界一です。でもその販売は、英吉利印度《イギリスインド》会社が代行しています。英吉利印度会社の巴里支店長は、私たちととても親しいので、紹介してさしあげましょう」。

最初の出逢いで大きな収穫を得たことに、心が躍った。作業場を見学し、後日の連絡を約して、私は事務所を辞した。ルーヴル美術館に行きたいのだが、いまだに風邪が完治しないので、そのままアパルトマンに帰り、塩水でうがいをしたあと、少し昼寝をする。

四月三十日

マダム・アスリーヌよりの連絡がない。終日、雨。

五月六日

今日も連絡がない。ベルリーノ神父から紹介された肉屋を訪ねる。カルチェ・ラタン地区の西側である。学生街で、若者の数が多い。店の名は〈ジャン・ルコック〉。出来たての腸詰めと牛の背肉を、驚くほど安価に売ってくれる。背肉の料理法を事細かく紙に書き記し、それを私に手渡した細君は、アパルトマンの住み心地を案じたのである。当初は、別のアパルトマンに移りたいと思ったが、いまはその気はない。私のアパルトマンの住人とも顔見知りとなり、息子を大戦で失くした女主人も、見た目よりはるかに心細やかな女性で、何やかやと私を気遣っていることに気づいた。住めば都であろうか。大鍋を一つ、月桂樹の葉を一摑、トマトを五つ買って、帰宅する。肉屋の細君の教示どおり、背肉を料理する。我ながら、良い出来上がりで、ひとり赤葡萄酒を飲んで夕食をとる。

五月七日

マダム・アスリーヌからの連絡はない。苛立ちもつのるが、いま少し待つこととする。私が書き送った手紙があやの手元に届くのは、今月の末あたりであろうか。あやは、どのような心情で、私の手紙を読むであろう。夜、アパルトマンの大家が、私の部屋を訪れた。水洗トイレの水洩れの件で訪れたのだが、そのまま居間の椅子に坐って話し込む。日本という国についてまったく無知である。仏蘭西人が、日本に対して無知なことは、カフェ・ド・アンドレの主人も、アパルトマンの住民たちも、あきれるばかりだ。大工のベルナールなどは、日本がアフリカの南にあるとばかり思い込んでいる。彼はそのために、日本がなぜロシアと戦ったのかを不思議に思いつづけていたとのこと。彼の認識であれば、そうであろう。

大家は、自分を今後はマリーと呼ぶようにと言う。本名はマリアンヌで、六十四歳である。会話の途中で、しばしば私の仏蘭西語の誤りを指摘し、そのつど気長く、発音や適切な表現法を教えてくれる。これは、ありがたい。私は今後、マリーおばさんと呼びたいと言い、許可を求める。笑って承諾した。マリーおばさんは、私をユースケと呼んだ。言うには「これから、夜の二時間、ユースケに仏蘭西語を教えてあげましょう」。

私は仏蘭西語が上達し、マリーおばさんは孤独な夜に、多少の楽しみができるであろう。

五月八日

昼前、マダム・アスリーヌの使いの者が、アパルトマンに来る。昼食を共にしつつ、話し合いたいとのこと。私は、慌てて背広に着替え、使いの者が待たせていた馬車に乗る。ノートルダム寺院を一望できるレストランに案内される。マダム・アスリーヌと令嬢は、先にテーブルについていて、私を迎えた。私は、マダム・アスリーヌと対面し、その美貌にしばし絶句する。私が予想していたマダム・アスリーヌの年齢は、六十歳くらいであったが、実際は三十九歳である。殆ど金色に近い栗色の髪を肩の上あたりでカールさせ、薄化粧を施しているが、かすかに病後のやつれがある。しかし、その物言い、動作はたおやかで、目の光は強い。手造りのジャムの職人らしい風情はまったく見出せない。遠来の労をねぎらい、葡萄酒で乾杯の後、すみやかに商談を始める。

「ムッシュー・タヌマの熱意は、大変に光栄にも思い、感謝もいたしますが、我が社の製品の日本での販売は、たぶんあなたに多くの損害をもたらすでしょう。あなたが損害をこうむることは、ただちに我が社の損害にもつながります。私は、日本という国をよく存じませんが、私の作るジャムやママレードが、日本の方々に愛されるには、まだまだ時間が必要なような気がします」

私は、自分の事業に関する私見及び計画を述べた。すぐに利潤を求める気持はないこと、西洋の文化の吸収は、芸術や政治や学問のみでは不充分であり、優れた食品や嗜好品に接することこそ重要であると考えていること、〈マダム・アスリーヌ〉という世界で最も美味なるジャムとママレードを、他の誰よりもさきがけて、日本人の食卓に置くことで、自分の積年の計画の出発を果たしたい……。

マダム・アスリーヌは、しばらく黙考の後、「ムッシュー・タヌマの考え方には賛同いたしますが、私は、あなたに、無駄な労力と努力と、金銭的な損害を与えたくありません」と言い、一通の封書を出した。「これは、ジェームス・バーラップ社の社長への紹介状と、英吉利印度会社の巴里支店長への紹介状です。あなたのご熱意にたいする私の気持です。ジェームス・バーラップ社も、その販売代理店の英吉利印度会社も、自社の紅茶を日本に買ってもらいたいと考えています。その正式な販売形態を作りたいという話を、私は大戦前から聞いていました」。

マダム・アスリーヌは、自社製品の日本への輸出に関する話題を切り上げ、日本の政治状況や経済状況について私に質問する。日本式の粘りが仏蘭西人に、どこまで通用するかわからぬものの、私は、今日が商談の初日であると自らに言いきかした。しかし、落胆の色は隠せない。二人と別れたあとで、セーヌ河畔のベンチで夕暮まで過ごした。

このまま読みつづければ夜が明けてしまう。佐和子はそう思って、暖炉に薪を足すのをやめ、日記を閉じて、二階の部屋に行った。そこは、佐和子が少女時代に与えられた洋間で、軽井沢に訪れた際に、使っていたものだった。朝になれば、おそらく父か兄から電話があるだろうと予想し、佐和子は、人間の匂いのしないベッドや掛け蒲団を整えると、ベッドのサイドテーブルに祖父の日記を置き、居間に降りた。二枚の座蒲団で電話を覆い、電話の音で起こされないようにして、戸締りと火の元を点検し、また二階に上がった。顔を洗い、歯を磨き、ベッドに横たわったが、野鳥のさえずりが耳について寝つけなかった。

佐和子は、これまで読んだ分だけでも、一九二二年に、単身渡欧した祖父の、異国での日々が、その言葉どおり悪戦苦闘の連続であったことだけは理解出来た。第一次世界大戦が終わって四年後であり、第二次世界大戦勃発の十七年前であることを念頭におけば、嵐と嵐とのあいだの、ほんのひとときの凪《なぎ》の海で、祖父は懸命に櫓《ろ》を漕いでいたことになる。それが、現在の田沼商事の礎を築いたが、夢を夢で終わらせようとはしなかった勇猛果敢な男の、不安や挫折や苦悩からすべては出発していた。そして、男に夢を与え、勇猛果敢にさせた原動力の陰に、あやという女性の存在があった。祖父とあやとは、何等かの事情で結ばれることはなかったが、祖父の胸中で、すでに他家に嫁ぎ母となったあやは消えることなく生きつづけていた。

佐和子は、祖父もあやも、マダム・アスリーヌも、その娘も、それ以外の、日記に登場する人々がもうこの世に生きていないのだということを考えると、なぜか自分がひどくつまらない無為な人生をおくっているように思えた。自分に、もし他人にはない美点があるとすれば、それはいったい何だろう。佐和子は目を閉じたまま考えてみたが、その思考は、いつのまにか、自分もまたあやのように愛されてみたいという感情の昂《たかま》りに変じて、彼女をいっそう寝つけなくさせた。別れた夫の最後の言葉に圧《お》しつぶされそうな気がして、佐和子はベッドから起きあがり、階下に降りると、台所の戸棚をさぐった。

封を切っていないウィスキーの壜をみつけ、薄い水割りを作ると、ベッドに戻り、一口ずつ顔をしかめて飲んだ。やがてかすかな酔いの中で、佐和子は、四、五日をこの別荘ですごそうと決めた。祖父の日記を読み終えるには、少なくとも三日はかかりそうだったし、とりわけ暑いことしの東京に、そう慌てて帰る必要もないと思ったからである。四、五日分の食料といえば、まず卵とトーストパン、それにバター、紅茶と牛乳、ハムに野菜、一番小さな袋に入った米……。そんなことを考えているうちに、佐和子は眠った。

電話の音で目が醒めた。確か二枚の座蒲団で覆ってあるはずなのに、それにしては大きな音だなと思いつつ、ベッドから降りて、サイドテーブルに置いてある腕時計を見た。午前十時だった。

「五時間も寝てないのよ」

佐和子は、そうひとりごちてカーディガンを羽織ったが、そのうち電話の音ではなく、きつつきが別荘の木の壁を打つ音だとわかった。

「あっ、大変だ」

佐和子は小声で叫び、階下に降りると、玄関の戸をあけて庭に出た。その音で、きつつきは飛び去ったが、東側の壁には、十数個の、ソフトボール大の穴があいていた。恐る恐る北側に廻ると、そこにも幾つかの穴があった。きつつきによって、木の壁が穴だらけになることが、別荘の持ち主の最大の頭痛の種なのである。

「見事にあけてくれたわねェ……。大砲で集中砲火を浴びたみたい」

遺産の相続税は高いのだから、いまのうちに少しずつ分けてもらっておけと最近言いだした長兄の妻の顔を思い浮かべ、佐和子はきつつきの徒労が可哀そうになった。

「いくら穴をあけたって、巣なんか作れやしないのに」

佐和子は、もう一度寝ようと思ったが、空腹を感じて、どうしようか迷ったあげく、結局、服に着換え、旧軽井沢の商店街まで買い物に行った。まだ持ち主の訪れていない別荘が多かった。買い物から帰って来て、一息ついていると、居間のどこかで虫の鳴き声が聞こえた。けれども、それは電話の音であった。

父からだった。

「何回、電話したと思う。出掛けてたのか？」

「食べる物を買いに行ってたの」

「朝の七時から、十五分おきにかけてるんだぞ」

座蒲団で音を消してあったことは内緒にして、

「そんなに早くから起こさないでよ。寝たのは、明け方なんだから」

と佐和子は言った。

「日記は読んだか？」

「少しね。まだ十分の一も読んでないわ」

「日記以外に、何かお前宛の文章はあったか」

「何にもない……。ただ日記だけ。ねェ、おじいさまは、どうして自分の日記を私に遺したの？　お父さまはその理由をぜんぜん聞いてないの？」

「俺も、そんな日記があったなんて、親父が死んでから知ったんだ。どうして佐和子に遺したのか、さっぱり訳がわからん。しかし、読んでみればわかるかもしれん。ずっとそう思ってきたんだ」

父はいささか憮然とした口調で言ったあと、いやに声を忍ばせて、

「どうだ、どんなことが書いてある？　お前と何か関係がありそうかい？」

と訊いた。

「文字どおり、渡欧日記よ。おじいさまが、一九二二年にヨーロッパに渡って、どんな生活をしながら、いまの田沼商事の基盤を築いたか。日記を読むとよくわかるわ。でも、いまのところ、それだけ。私と関係があるなんて思えないわ」

父は、いっとき、ふうーんと唸って何か考えている様子だったが、

「遺言状をしたためたのは、親父が八十五歳のときだ。足は弱ってたけど、頭がぼけたりはしてなかった。死ぬ五日前まで、会社の状態を俺から聞いて、そのつど、じつ

に的確なアドヴァイスを与えてくれてた。ぼけてたはずは断じてないんだよ」

と言った。佐和子は、きつつきの件を伝えたが、さして気に留めるふうでもなく、

「俺は、いまから箱根に行く。お前はいつまでそっちにいるんだ？」

そう父は訊いた。

「四、五日のつもり。とにかく、おじいさまの日記を全部読んでしまおうと思っているの」

またかけるよと言って、父は電話を切った。佐和子は朝食の用意をし、紅茶用の湯を沸かした。台所の柱に、晩年の祖父が暮らした流水庵の鍵が掛かっていた。日記を読み終えたら、祖父の死後、誰も使わなくなった流水庵に入ってみようと佐和子は思った。

夏、祖父はいつも流水庵の縁側の揺り椅子に坐って、大きな天眼鏡で本を読んだり、疲れるとそのままうたたねをしたり、機嫌のいいときは孫たちを集めて小型のアコーディオンを弾きながらシャンソンを歌ったりした。しかし佐和子は、なんだか怖いおじいさまだとばかり思って、そのアコーディオンの音色を気味悪く感じたものである。しかし、日記の十分の一も読んでいないのにもかかわらず、いま佐和子の中では、祖父が特別に近しい、魅力に満ちた人物として生き始めていた。

佐和子は朝食を取ると、二階に行き、サイドテーブルに置いた日記を持って居間に戻ったが、大きな栗の木で日光をさえぎるテラスに移って、日記のつづきを読み始めた。一九二二年の五月末あたりから、祖父はジェームス・バーラップ社のパリ支店を頻繁に訪れるようになっていたが、その折、しばしばマダム・アスリーヌの娘、ローリーヌが同席していた。佐和子は、若き日の祖父とローリーヌとのあいだに芽ばえつつあるものを仄かに感じたが、それは六月十五日付の日記で明瞭となった。

六月十五日

午前十時、ジェームス・バーラップ社の副社長と英吉利印度会社の巴里支店長とのあいだで仮契約書を交わす。セイロン産紅茶のA級品一トン、B級品一トン、及びジェームス・バーラップ社がブレンドした製品一トンを一九二三年五月一日に我が社が横浜港で受け取ること。ただし、それまでに、英吉利印度会社の横浜での事務所設立を私に委託した。仮契約書に調印したのち、葡萄酒で乾杯。私は、サンジェルマン通りを走って、ローリーの待つカフェに向かう。途中、再三、馬車とぶつかりかける。巴里に到着して後、初めて結んだ蝶ネクタイを見て、ローリーは笑った。とてもよく似合うとのことだが、私はいささか気恥かしく思い、「似合うのに、なぜ笑う」と訊く。ローリーは私の手に掲げた仮契約書を奪い、蝶ネクタイの歪みを直した。その間、私はローリーの薄青い瞳に見入った。私は、夫人とローリーを夕食に招待したい旨を申し出たが、ローリーは首を縦に振らない。「紹介状を書いてあげたのだから、それ以上のことはする必要がない。そう母に言われたの。だから、私がジェームス・バーラップ社に一緒に行ったのは、母には内緒」。そうつぶやいたのち、ローリーは母親への感情を初めて私に吐露した。言うには「あの人は、もう商売に興味なんかないの。あの人の頭には、オレンジの壺のことばかり。あの人がやろうとしてることは確かに正義だわ。でも自分の正義を、自分以外の人間に押しつけるのは間違ってると思う。私が望んでるのは正義ではなくて、平和よ。女の平和……」。

オレンジの壺とは何かと訊いたが、ローリーは答えない。あらためて商談の成立を祝してくれたのち、ローリーは私の今後の予定を訊く。葡萄酒の買い付けと、英吉利のウィスキーの買い付けであると答える。私は、巴里のやり方を真似て、ローリーの手の甲に接吻を試みたが、全身がこわばって、ただ手を強く握るのみである。日本には、公衆の面前で女性に接吻する風習のないことを説明したら、ローリーは再び楽し気に笑って、私の頰に接吻した。今夜、マリーおばさんを相手に、接吻の稽古をしようと決心する。

ローリーは私に、これまで一度も女性と接吻したことはないかと訊く。一度だけあると答える。ローリーは驚き顔で、私に女性との性経験はあるのかと訊く。商売女以外とはないなどとは答えにくい。私は、ただ、あるとだけ答える。ローリーは、それならなぜ接吻は一度きりかと問い詰める。私は、話題を避け、ローリーを夕食に誘う。ローリーは、明後日、この店で待ち合わせることを約束し、アレクサンドル三世橋まで散歩して私と別れた。

夜、マリーおばさんに、女性の手と頬への接吻の仕方を教わる。マリーおばさんの肩は、相撲取りのようだ。

六月十六日

日本大使館に駐在する井岡君を訪ねる。彼は喜色満面で私を迎え、巴里に到着後、なぜ今日まで連絡しなかったのかとなじる。今日までの奔走と、ジェームス・バーラップ社との仮契約の件を話したら、井岡君は驚愕して、よくぞジェームス・バーラップ社が契約を結んだものだと言う。彼と一緒に大使館の近くのレストランで昼食を取る。独逸《ドイツ》問題に不安があるとのこと。大戦の賠償問題に対して、仏蘭西のポアンカレ首相の強硬策が裏目に出る方向に進んでいる世情を語る。独逸のインフレーションは、一月初めに一ドルが七千二百マルクになったが、その末には五万マルクとなった。印刷工場がマルク紙幣を印刷したが、ついに紙代と印刷代のほうが、刷り上がった紙幣の額面価格より高くなり、現在は一ドルが十六万マルクという状態を呈して、独逸では五百万人近い失業者が生じたとのこと。ザクセンでは共産主義者の活動が活発で、ミュンヘンでは、アドルフ・ヒトラーという極右主義者が、多くの支持者を集めて運動を活発化させている。井岡君が言うには、「日本の軍部も、負け知らずで図に乗っている。独逸も、このまま行けば、右翼が勢いを得る。しかし何も歯止めとなるものがない。とんでもないことが起こりそうな気がする」。

学生時代から井岡君は俊英で、私より二歳下であるが、その情勢分析にはひときわ才がある。井岡君は今後の私の予定を訊き、葡萄酒の輸入に難色を示す。その理由は、葡萄酒が極めて温度の変化に敏感で、船による輸送には多くの支障があるというのである。井岡君が言うには「アラビア海を通っているあいだに、きみの買った葡萄酒は死んでしまうよ」。

井岡君は、英吉利の日本大使館に駐在する友人の名をあげ、スコッチウィスキーの買い付けを先に進めることを提案する。言うには「この男は、外交官だが金儲けに目がない。うまく利用することだね」。

アパルトマンへの帰路、ローリーへのお礼の品を探す。街頭には、ビラを配る青年が目につく。ポアンカレ首相の政策に反対するビラである。私は、ローリーへの品として、レースの手袋を買った。

六月十七日

夕方の六時、ローリーは馬車で、私の待つカフェに着いた。そのまま馬車に乗って、アレクサンドル三世橋を渡り、シャンゼリゼ通りに近いレストランに行く。ローリーは、緑色のドレスをまとい、いつもより濃い化粧をしている。私の蝶ネクタイの色に合わせて、このドレスを選んだと言う。馬車の中で、ローリーの手の甲に接吻する。ここは馬車の中で公衆の面前ではない。レストランでもう一度やってみせなさいと命令される。マリーおばさん相手の、私の稽古の成果は見事である。食事の途中、手の甲ではなく、ローリーの唇に接吻したい衝動に駆られる。しかし、そればかりは、マリーおばさん相手に稽古はできない。休日に、ピクニックに行く約束をする。

六月二十日

近頃、しばしば、あやのことを思う。まったく女々《めめ》しいことであると自分を叱責するが、あやの何かの折の姿や表情が私の心に去来する。すでに他人の妻となり、子までもうけた女を思って虚ろになるのは、愚かを通り越して、もはや異常というべきであろうか。望郷の念、いささかもなく、巴里における生活に慣れても、異国での一人暮らしは、自覚したよりもはるかに深い疲労を私にもたらしたのであろうか。この数日、熟睡する日は一日もない。寝酒の量がこれ以上に増えぬよう自己を律することである。

マリーおばさんは、今夜も私の部屋に来て、もっと野菜を食べるよう忠告する。生の人参を、一本丸かじりするのはきわめて健康に良いと言うが、私は馬ではない。

巴里に暮らしてほぼ二ヵ月。次第に痛感することは、白人たちの、有色人種に対する鼻もちならない優越感である。私は、有色人種とは土人のことと思ったが、そうではない。白人にとっては、日本人もまた有色人種で、白人とは別世界の生き物のようである。教養深く優秀である日本の政治家も外交官も学者も、白人たちから見れば黄色い猿にすぎない。誇りのない民族は存在しない。さまざまな思想があり、さまざまな宗教があり、さまざまな政治戦略がある。しかし、白人社会において有形無形に被《こうむ》る侮蔑と差別こそ、日本人の戦争の引き金となる恐れがある。

日本人は、東洋において、支那人と朝鮮人を差別する。けれどもそれは鳥にたとえれば、カナリア同士の（自分こそ声音《こわね》良し）と思うさまに似ている。白人も有色人種も同じ人間であるとの意識において、我々は〈人間〉という言葉を〈鳥〉と置き換えて思考してみなければならない。鳥にも、白鳥があり、カラスがあり、雀がいて、またカナリアがいる。カラスやカナリアが、我等は同じ鳥なのであると主張するにしても、白鳥は、なるほど君たちは鳥であっても私と同じ鳥ではないよと鼻で笑うかもしれない。それと同様の図式と概念が、白人社会には厳として存在する。ローリーも、私を別種の鳥と思うかどうか……。

六月二十一日

快晴。朝、英吉利のメースン・カンパニーの社長に手紙を書く。七月中旬に面会を求める書状である。

十時頃、マダム・アスリーヌの突然の来訪をうける。用件は、ローリーに関してである。いかにも人目を避けて私のアパルトマンを訪ねた様子で、ローリーを利用してくれるなと切り出す。今後、ローリーとの一切の交際を許さないとのこと。これまでのことは、ローリー自身の好意で、私とジェームス・バーラップ社との交渉を手助けしてくれたことであるとマダム・アスリーヌに説明し、私には、もとよりローリーを

自分の目的に利用しようとする意図はいささかもないと答える。マダム・アスリーヌが言うには、

「あの子は、少し変わっているのです。子供のときから、突拍子もないことをして、周りのおとなたちをびっくりさせました。何を考えているのか、さっぱりわからない。一年前からつきあっている青年は、ローリーと結婚したいと考えているようです。ローリーも、その青年に好意を持っています。それなのに、この何週間かは、青年に食事に誘われても、遠乗り会に誘われても断わって、私に内緒であなたと逢っている」

私は、どう答えていいかわからず、遠い日本から一人でやって来た私の仕事がうまくいかず苦労しているのに同情し、ローリーは助けてやろうと考えたものであろうと述べる。マダム・アスリーヌは、しばらく私の目を凝視し、再び、今後の交際を絶ってくれるよう静かな口調で念を押し、足早に去った。私は、階段の途中で見送り、せめて一年間だけでも、我が社と契約を結んでもらいたい旨を述べるが、マダム・アスリーヌは、何も応じ返さず、階段を降りて、アパルトマンの前に待たせていた馬車に乗った。ピクニックの約束は、明日である。

夜、近くの酒場に行く。私の部屋の隣人、フィリップの泥酔する姿がある。ソルボ

ンヌ大学に籍はあるものの、彼が大学に通っている様子はない。頬のこけた、栗色の目の青年である。これまで一、二度、言葉を交わしたが、その素振りも言葉つきもデカダンスで、絶えず生気がない。満席で、フィリップの隣の席に坐る。葡萄酒のこぼれているテーブルに伏せたので、頭髪の一部は葡萄酒で濡れた。私に気づき、顔をテーブルに伏せたまま、

「やあ、東洋からようこそ」

と廻らぬ舌で言う。私は梨から作った透明の強い酒をグラスに二杯飲み、酒場を出て、石畳の道を歩く。娼婦が声をかけようとして近寄り、しばらく私の顔を窺い、

「あら、どこの国の色男？」

と笑う。通りかかった警官が、私を呼び停めて尋問する。あまりに威圧的で執拗な尋問にかっとなりながらも、訊かれることにはすべて

日記の文章は、そこで突然途切れていた。そこまで書いて、ふいに書くのをやめたといったふうである。佐和子は、祖父が強い酒を飲み、きっと疲れてそれ以上書くのがいやになり、そのまま寝てしまったのだろうと思った。佐和子は当然、日記のつづきには、翌日のローリーとのピクニックに関することがしたためてあるだろうと予測

し、多少心をときめかせてページをめくった。祖父は、ローリーとピクニックに行ったのであろうか。それともマダム・アスリーヌの頼みを聞き入れて、待ち合わせの場所に行かなかったのであろうかと思いながら。けれども、三日後の日付による日記には、思いも寄らない事態について簡略に書かれてあった。

六月二十四日

右腕、やっと動かせるようになる。腰の痛み、強い。日本大使館の井岡君が、警察に抗議に行ったあと、私のアパルトマンに来る。ジェームス・バーラップ社の副社長が警察に行き、私の引き取り人とならなかったなら私はまだ留置場にとどめ置かれている。井岡君の口から、陰でマダム・アスリーヌの援助があったことを知る。マダム・アスリーヌがジェームス・バーラップ社の副社長に頼んでくれたようで、一度、私に対する訊問を終えて去った警官が、なぜ、そのあと、私の部屋に踏み込んだのかも、井岡君の説明で判明する。娼婦の、偽りの訴えである。娼婦は、警官のあとを追い、さっきの東洋人に暴力をふるわれたと訴えたのである。なぜ、そんな嘘をついたのか、私にはまるで理解できない。ただ、警察の非道な仕打ちは私の心から消えない。

そうか、祖父はアパルトマンに帰って日記を書いている際、突然警官に踏みこまれ、警察に連行されたのか。佐和子は、そうとわかって、テラスの椅子に腰かけたまま、もみじの緑の葉にさえぎられて、屋根の一部と茶室の窓と、一滴の水も入っていない苔むしたつくばいしか見えない流水庵のたたずまいを探った。いまや佐和子にとっては祖父の日記への興味は別のところにあった。依然として、日記がなぜ自分に遺《のこ》されたのかという謎は解けていなかったが、佐和子は、日記の中に展開するドラマに熱中してしまったのだった。

彼女は、六月二十日付の日記をもう一度読み返した。〈同じ人間〉という言葉を〈同じ鳥〉と置き換えてみれば、人種差別の根強さや元凶が、佐和子にも理解出来そうな気がした。祖父は、具体的には何も書き遺してはいない。白人の、黄色人種である田沼祐介への接し方、あるいは、直接間接にわたる侮蔑の行為については、何ひとつしるされてはいない。〈警察における非道な仕打ち〉も、いったいいかなる仕打ちであったのかには触れられていないのだが、白鳥は、カラスやカナリアを、決して自分たちと同じ鳥だとは認めないであろう。仲良くしているふりをして、いざとなれば、いがみあう他の白鳥と手を結んで、カラスやカナリアを滅ぼそうとするだろう。

まして、日記に描かれている世界は、いまから六十年余りも昔のことだから。

佐和子は、そんなことを考えているうちに、この日記を読み終えたら、第一次世界大戦がなぜ始まり、いかなる道程を経て、人類は第二次世界大戦へと歩んで行ったのかを勉強してみようと思った。音楽だとか、料理だとか以外の事柄に関して、それも学校の試験のためではなく、佐和子が何かを真剣に学ぼうと思ったのは初めてであった。

電話が鳴った。きっとこんどは母であろう。佐和子は幾分うんざりしながら、椅子の上に日記を置き、居間に行って受話器を取った。母ではなく、長兄の妻、君子だった。君子は、父から聞いたらしく、いきなり、

「別荘の壁、きつつきの穴だらけだって、ほんとなの？」

と言った。

「私たち、来週の金曜日から一週間、そっちへ行く予定なのよ。スウェーデンからいらっしゃる取り引き先の社長夫婦もご一緒の予定なの。そんな穴だらけの別荘なんて、お客さまに恥かしいわ。ねェ、佐和子さん、そんなにひどい穴？」

「ひどい穴よ。東側と北側の壁とを合わせたら、三十個ほどの穴があいてる。みんなソフトボールくらいの大きさよ」

「なんてことかしら。別荘の壁を全部張り替えなきゃいけないわ。一週間で出来るかしら」

　この別荘が点在する地域では、避暑客が訪れ始める七月の半ばから、人々が去って行く八月の末まで、道や建物の工事をしてはならないという条例があった。佐和子が兄嫁にそのことを言うと、

「工事って、別に家を建てるわけじゃないわ。家の外壁を張り替えるだけなのよ。それでも条例違反てことになるの？」

「だって、犬小屋を作るんじゃないんだもの。一週間で外壁を全部張り替えるのは、突貫工事でしょう？　朝から晩まで釘を打つ音とか、木を切る音がしてたら、ご近所の別荘から文句を言われるわ。条例を楯にして」

　よくそんな勝手なことが言えるもんだわ。佐和子は心のうちで、そうつぶやいた。何年か前、隣の別荘が屋根を修理した際、兄嫁は条例を楯にして文句を言いに出かけたのである。その隣家の屋根の修理は、たった一日で終わる程度のものであったにもかかわらず。

「ねェ、佐和子さん、役場に訊いてみて下さらない？　条例って、正式には七月の何日からなのか。もし、きょうから一週間以上先だったら、建築屋に行って、早急に工

事にかかってもらってよ。見積りだけは、ちゃんと取っといてね」

と言った。

「私が？　役場に行って、その次に建築屋に行くの？」

「どうせ、暇な身でしょう？」

どっちが暇な身だというのか。週に五日はテニスクラブに入りびたり、母の体の具合の悪いときでも知らんふりしてるくせに。佐和子はそう思い、

「私、避暑に来たんじゃないんです。用事があって、きのうの夜遅く着いて、用事を済ませたら東京に帰ります」

と怒りを抑えて言った。すると兄嫁は、

「佐和子さんて、断わるときって、いつも急に断固とした言い方をするのね。そんなときは、言葉遣いが急に行儀よくなるの」

と言って、わざとらしく含み笑いをした。

「いいわ、こっちで手配するわ。ご迷惑なことをお願いしてごめんなさいね」

兄嫁は電話を切った。

テラスに戻り、椅子に坐って日記を膝の上に載せたが、いやに心が乱れてしまって、集中できなかった。心の乱れは、兄嫁の言葉と、別れた夫がときおり佐和子から

視線をそらせてつぶやいた言葉と似ていたためである。

——いやだったら、いやだって顔をしろよ。行儀のいい拒否をされると、こっちはなんだか取りつく島もなくて不愉快だ——。

佐和子は、相手の気を悪くさせたくなくて、自分がしたくないことに関する拒否を示す際、つい言葉が少なくなるので、せめてその言葉に刺《とげ》がないよう気を配るのだった。だが、それは、いつも逆に可愛気のない印象をもたらしたり、相手を見下しているかのような誤解を与えてしまうのだった。佐和子は、そんな自分の癖をよく自覚していたが、もっと違うやり方で、拒否なり同意なりを、伝える術《すべ》を知らなかった。そんなことで余計な神経を使うくらいなら、永遠に人と関わらず生きているほうがいいとさえ思うのである。

佐和子は、心の乱れを鎮めようと、庭を散歩した。落葉の上を歩きながら、大きく深呼吸したり、腕をぐるぐる廻したりした。そうしているうちに、流水庵の玄関先に立っていた。茶室のほうに廻って、にじり口の脇にたたずんだ。佐和子は、一度だけ、祖父が茶を点《た》てるのを見たことがある。

確か、思わぬ客が来訪したのだという記憶があったが、遠い昔のことで、どんな客だったのかはまったく覚えていない。けれども、祖父が茶室で点前《てまえ》をするのは、息子や娘や、騒々しい孫たちが東京に帰ってしまってからと決まっていたので、佐和子がそれを覚えているということは、避暑の季節の最中《さなか》に客が来て、茶室に入ったのは間違いのない記憶だとも言えた。

祖父を、ただ怖い人だとばかり思っていたが、ローリーの手に接吻をしようとして、ただ強く握りしめているばかりだったり、マリーおばさんを稽古台にして、接吻の練習をしたり、あやという女性への思慕を捨て切れず、異国の孤独な部屋で物思いにひたったりしている。それに比べて、私の世界はなんと小さいことだろう。私は、なんと面白味のない女だろう。

佐和子は、三十分近く、別荘の庭を歩き、幾種類もの樹木の葉を見つめると、祖父の日記を読み進めるために、テラスへと戻って行った。

六月三十日

官憲とは、どこの国でも巨悪には無力で、弱者をのみ、よりいっそう打ちのめすものなのであろうか。そうならば、巨悪とはいったいいかなるものなのだろうか。さしあたっては権力であろう。権力者にとっては、三権分立など有り得ないことと知った。それこそが、権力の魔性である。罪のない人を罪人に捏造《ねつぞう》しようとの企らみは、赤児の手を捩《ねじ》るよりも容易《たやす》き工作である。

私は、マダム・アスリーヌに、少々熱を込めて私が憤りをあらわしたことを反省した。マダム・アスリーヌの、手厚い見舞いの品を携《たずさ》えての来訪にとまどい、ローリーの近況を知りたい心を抑えようとして、心に宿った小さな火を盛んにさせたからである。

マダム・アスリーヌが昼前に私のアパルトマンの部屋を辞してのち、夕刻までベッドに臥《ふ》す。

夜、フィリップが、ソーセージとパンを持って、私の部屋の戸を叩く。青白い顔で、しきりに咳込んでいる。あるいは、胸の病に冒されたのであろうか。珍しく酒気がなく、デカダンスな物言いも影をひそめている。このあたりの娼婦は、私を訊問した警官に、稼ぎの一部を支払うことによって商売ができるのであると言う。あの夜は客を得られず、困窮して、いささか悩乱のあげく、偽りの訴えを起こしたものである。彼女の体を求めようとする客は著しく減り、稼ぎの減少したのを警官は信ぜず、いわゆる娼館の主人のように、毎月と同じ額の袖の下を要求しているとか……。

フィリップの来訪の真の目的は、借金の申し込みである。私を、裕福な日本人と誤解している。私は、正直に自分の経済状態を述べるが、ついに見かねて若干を用立てた。私は、フィリップに、医者の診断を受けるよう忠告するが、フィリップは寂しい笑顔を作って去る。

七月二日
ローリーと逢う。夕食を共にする。仏蘭西の良家のしきたりに従って、マダム・アスリーヌの叱責を覚悟しながら、ローリーを自宅まで送る。マダム・アスリーヌは不在である。

七月四日
誰かに尾行されるような気配を感じる。私の錯覚なのかどうか。夜半より雨。

七月五日
確かに私を尾行する男がある。日本大使館の井岡君を訪ね、玄関に面した小窓から路上を観察すれば、向かい側の建物の陰に隠れている男が、新聞を読むふりをしながら、しきりに大使館の玄関に視線を投げる。井岡君に相談する。大使館に勤務する仏蘭西人に、私を尾行する男を、さらに尾行させようと名案を考えつく。私は、日本大使館を辞してのち、市電に乗ってマダム・アスリーヌの事務所におもむくが、ローリーもマダム・アスリーヌも不在である。工場長に、用向きの伝言を依頼し、カルチエ・ラタンの例の肉屋に寄って帰宅する。

七月六日

尾行の主は、マダム・アスリーヌ社の使用人である。マダム・アスリーヌの差し金であろう。私とローリーの交際の度合を探ろうと、つまらぬ挙に出たのか。夜、太吉叔父に手紙を書く。ローリーへの恋情を強く自覚する。

祖父の日記は、それ以後、ローリーに対する自分の心情と、そのときどきにおけるローリーの反応をしたためることに終始して、仕事に関する事柄には殆ど触れてはいなかった。祖父は七月十二日にパリを発ち、船でドーバー海峡を渡ってロンドンに行き、七月十六日にパリへ戻っている。

メースン・カンパニーとの商談は不首尾に終わり、失意のうちに夏を迎えたが、その間、ローリーとの関係は深まり、たびたび、祖父のアパルトマンの一室で、二人だけの時をすごしていた。当然、マダム・アスリーヌの怒りは、すさまじく、祖父は、彼女からののしられたり、身を引いてくれるよう哀願されたりしていた。けれども、ローリーの未来を思いやり、自らローリーとの関係を断ち切って、パリから去ろうとした祖父を押しとどめたのは、ローリーだった。母に内緒で旅仕度をして、ロンドンに移るため、ひとり早朝の駅に立った祖父を、ローリーは待ち伏せていた。そこで仕方なく、祖父は、ローリーをいさめて、ロンドン行きをあきらめ、いったん引き払ったアパルトマンに戻っている。

佐和子は、九月十三日付の日記に、二度目の〈オレンジの壺〉という言葉をみつけた。

九月十三日

終日、雨。マロニエもプラタナスも、葉の色は褪《あ》せ始める。

マダム・アスリーヌの指定した時刻に、彼女の事務所におもむく。珍しく従業員の姿はなく、マダム・アスリーヌはひとり事務所の奥の執務室に坐っている。私を苦衷の表情で迎え、しばらく無言ののち、私の本意を確かめる。私は、正式に、ローリーとの結婚の許諾を求める。しかし、マダム・アスリーヌは幾度も小刻みに首を左右に振り、私の現実認識の甘さを指摘する。

ローリーの母としての不安と苦衷はもっともであろう。しかし、私とローリーとは、夫婦となって、ともどもに家庭を築く決意がもはや揺るぎないことを重ねて訴える。

私とマダム・アスリーヌの会話は次のようなものである。

「私は、日本という国を見たこともありません。日本という国に対する知識も、ただロシアや支那と戦って勝った国だという程度です。私にしてみれば、たったひとりの娘を、遠い東洋の未知の国に放り出すようなものです。ローリーを守ってくれるのは、あなた以外、誰もいない。でも、愛情はいつも燃えあがっているとは限らない。あなたの心が、ローリーという妻から離れてしまうことも、長い人生には、大いに有り得るのです。そんなとき、ローリーは、いったいどうしたらいいの？　仏蘭西から船で一ヵ月以上もかかる遠い東洋の国で、ローリーは、ひとりぼっちになって、孤独と不安とで、頭が変になってしまうわ」

「私は、ローリーを生涯愛しつづけ、大切にし、幸福にするとお約束します。私は、それを誓う以外、他にどんな方法もありません」

「私は、二人の結婚を認めません。いま、どんなにローリーから憎まれても、二人の純粋な愛情を引き裂く鬼のような女だと言われても、いつかは、私のやり方が正しかったと証明されるでしょう」

「もし私がアメリカ人だったら、これほどまでに、結婚に反対なさいますか？　アメリカも遠い国です。日本ほどではないにしても、船で何日もかかります。ラテン同士ならば、かまわないというわけですか？　あなたたちは白鳥で、私はカナリアで、同じ鳥であっても、白鳥よりも劣る……。そう心の中では思っていらっしゃる」

「それは違います。私は日本人を蔑視しているのではありません」

「いえ、根底には、その問題があるのです。私は巴里に来て、そのことを思い知りました。ジェームス・バーラップ社の重役たちは、自分たちの商売のために、私と対等のつきあいをしただけだ。しかし彼等は心の底で、この黄色い日本人めと思っている。馬車の御者も、列車で乗りあわせた人々も、酒場の客も、私を未開の国から来た野蛮人だと思っている。口には出さなくても、そんな人々の心は、いつもいつも私に刺さっています」

「私の祖先の国は、エルサレムですのよ。夫は、生粋の英吉利人でした」

私は黙った。マダム・アスリーヌも黙った。長い熟考ののち、マダム・アスリーヌは、私に〈オレンジの壺〉となれるかと問う。もし〈オレンジの壺〉となったならば、ローリーとの結婚を認める、と。そして、〈オレンジの壺〉について、ひそやかに語り始める。

私は、夜中の一時に、マダム・アスリーヌの事務所を辞した。その際、頬に、マダム・アスリーヌの接吻を受ける。

佐和子は、はやる心で日記に視線を走らせながら、ページをくっていった。けれども、それ以後、二度と、祖父の日記に〈オレンジの壺〉という言葉はでてこなかった。

〈オレンジの壺〉になる？　それは、いったいどういうことなのであろう。〈オレンジの壺〉とは何であろう。佐和子は、結局、祖父とローリーとは結婚しなかったのだから、その意味不明な、マダム・アスリーヌの差し出した条件を、祖父は拒否したのに違いないと考えた。けれども、祖父の日記の終わり近くに、そうではないことを証明する文章があった。

十月三十日

ローリーは、私の子を身ごもった。私は、歓喜して、アパルトマンからセーヌ河への道を歩く。幸福である。私は幸福である。私は、必ずや事業を成功させ、ローリーと私の子を幸福にしなければならない。

十一月二日

種々検討の結果、ローリーは出産ののち、日本に向かうこととなった。航海中、いかなる嵐が、船を木の葉のように揺するかもしれず、万一の場合を危惧するマダム・アスリーヌの、断じて譲らない提案である。初孫を迎える親としての心情を思えば、生まれる子を見てから、娘と孫を、日本に送り出したいものと見える。

私の帰国は、十一月十八日と決まる。

それが、日記の最後の文章であった。佐和子は、もう一度、飛ばし読みした箇所を読み返したが、ローリーとの日々やメースン・カンパニーとの商談以外の事柄については、別段変わったことは書かれていなかった。

「ローリーに赤ちゃん……？」

佐和子は、ベランダの椅子から立ちあがり、居間を行ったり来たりしながら、大声でひとりごちた。

「このあと、どうなったの？　ローリーは、どうなっちゃったの？　ローリーとおじいさまとのあいだに出来た子供は、どうなったの」

佐和子は、祖父にフランス人とのあいだにもうけた子供がいるなどとは、誰からも聞かされていなかった。

「〈オレンジの壺〉って、何なの？」

佐和子は、日記がなぜ孫の自分に遺されたのかという謎に関して思いをめぐらせる余裕も失い、父に電話をかけようと考えた。しかし、父は、おそらく箱根に向かう車中であろう。だが母がいる。いや、母には内緒にされてきたのかもしれぬ。父だけが知っているのかもしれぬ。いや、いや、父も知らないのかもしれない。そんな思いが交錯して、やっと佐和子は、なぜ祖父が日記を自分に遺したのかを冷静に考え始めた。

祖父は、ローリーのことを、誰にも喋らなかった。きっと自分の息子にも。それはつまり、ローリーと赤ん坊は、ついに日本に来ることがなかったからではあるまいか。しかし、なぜだろう。

「私、どうしたらいいのかしら。このことを、お父さまに黙ってるってわけにはいかないわ」

父どころか、他に誰も相談する相手などいないのであった。

「おじいさまは、私にどうしてもらいたかったの？」

そう口に出してから、祖父は、ひょっとしたら、佐和子という孫に、何かをしてもらいたかったのではないかと思った。佐和子は、箱根に電話をかけた。出てきた母に、

「お父さま、まだそっちに着いていないでしょう？」

と訊いた。

「道が混んでて、ひょっとしたら三時ぐらいになるかもしれないって、さっき電話がありましたよ」

「ねェ、おじいさま宛に来た個人的な手紙なんて、もうみんな捨てちゃったんでしょう？」

「おじいさま宛の手紙？　さあ、どうかしら。捨てたか焼いたか、どっちにしても、もう残してないと思うけど。どうしてなの？」

その母の問いには答えず、佐和子は、祖父の葬儀のあとのことを、じっくり思い出してもらいたいと頼んだ。

「遺品を整理したでしょう？　たとえばフランスから届いた手紙なんてなかった？

仕事以外の用件の」

「そりゃあ、手紙はたくさんありましたよ。フランスからだとか、イギリスからだとか、イタリアからだとか。でも、やっぱり処分したんじゃないかしら」

「誰が処分したの？」

「お父さまと私と……」

母は、しばらく考え込んでから、

「ああ、美奈子も一緒に手伝ったわ」

「お姉さんが？」

「ええ、あの子、几帳面だから。でも十何年も前のことよ。あの子だって覚えているかどうか」

じゃあ、お姉さまに電話してみるわと言って佐和子は電話を切り、台所に行くと、冷たい水を飲んだ。祖父が日本に帰国して、そのあと、アスリーヌ家と音信が途絶えることなど有り得ない。なんらかのやりとりが、それも複雑なやりとりがあったに違いない。佐和子はそう確信したが、といって、その手紙を祖父が取っておいたかどうかの問題を考えると、答は否定的なものになった。祖父にとって、それは手元に残しておきたい代物ではなかったであろう。

一息ついてから、佐和子は姉の美奈子に、たいして期待を抱かないまま電話をかけてみた。だが、美奈子は、至極あっさりと、

「手紙は残してあるわ。私が、届いた国別に分けて、茶室の道具入れにしまったわ」

と言った。

第三章　手紙

鍵を持って茶室へと急ぎながら、佐和子は、姉の美奈子に、婚約を祝う言葉をひとことも発しないまま電話を切ってしまったのに気づき、ひどく後悔した。しかし、またあとで電話をかけなおすか、東京に戻ってからでもいいだろう。そう思いなおして、佐和子は茶室の戸口に立った。

普通の茶室と違って、避暑地に建てたため、窓という窓には雨戸が設けられてあり、その雨戸には、管理会社の封印がなされてあった。一年のうち、ほんの一、二ヵ月しか使用しないので、防犯のために、雨戸は欠くべからざるものであった。

管理会社の社長も、佐和子がまさか茶室に入るとは考えていなかったのは当然で、戸口は、茶室の風情をこわさない形で作られた隠し戸袋から引き出してある雨戸で覆われ、封印が張られていた。佐和子は、かまわず力を込めて雨戸を戸袋に戻し、鍵をあけた。

光は、半分開いた戸口から以外は、どこからも入ってこず、四畳半の茶室の中は黴《かび》臭《くさ》く、それは老人特有の体臭の残滓《ざんし》みたいに感じられた。佐和子は、道具入れの前で立て膝の格好になり、小さな襖を開いた。なかには茶釜や茶杓、茶碗や茶筅《ちやせん》の納められた大小さまざまな桐の箱が並んでいたが、暗くて、どこに手紙がしまってあるのかわからなかった。

仕方なく、佐和子は道具入れのなかに首を突っ込み、桐の箱をひとつずつ取り出した。茶釜用の箱なのに、茶釜ほど重くはない箱を手にしたとき、佐和子は、これだと思った。細紐を解き、蓋をあけると、ぎっしりと手紙の束がつまっていた。美奈子の言葉どおり、それらはちゃんと、送られてきた国別に、紐でくくられて区別されてあった。

「フランス語、フランス語」

佐和子は、そう口に出して繰り返しながら、手紙の束を茶室の隅にいったん並べ、一束ずつ入口のところに運んで差し出し人の住所を見た。そうしなければ、暗くて文字が判読出来なかったからである。

最初の束はドイツからのもので、フランスからの郵便物をみつけたのは、道具入れのところと入口とを五回往復したときだった。その量は、佐和子の予想よりも多く、ざっと見ただけでも百通近くありそうだった。彼女は、そのフランスからの郵便物の束を茶室の入口に置き、残りの手紙を桐の箱にしまい、茶の道具と一緒に元の場所に戻したが、一息ついたとき、汗が首や背から噴き出ていた。

「フランス語、誰に翻訳してもらおうかしら」

カーディガンを脱ぎ、佐和子は手紙の束を見つめてひとりごちた。父の会社には、フランス語に堪能な社員は何人かいたが、田沼商事の社員に、創業者の秘密をあかすわけにはいかず、かといって、佐和子の知り合いに、適当な人物はいなかった。

茶室の雨戸を閉め、手紙の束をかかえて別荘の居間に戻ると、佐和子は、とりあえず手を洗い、タオルを濡らして首の汗を拭いた。そうしているうちに、きのう父から紹介された曽根哲治の顔が浮かんだ。彼なら、あるいはフランス語に堪能な、口の固い、信用出来る人間を知っているかもしれないと考えたのである。

けれども、どっちにしても、東京へ帰ることが先決だ。そう思って、佐和子は帰り支度を始めたが、四、五日は滞在するつもりで買ってきたトーストパンや卵やハムの始末に困った。置いておけば腐ってしまうし、捨てるのは勿体ない。やはり、曽根に相談してみよう。もし、心当たりの人物を、曽根が紹介してくれれば東京に帰ればいい。彼に、心当たりがなければ、この軽井沢であたってみよう。確か、この近くに、大学でフランス文学を教えている教授の別荘があったはずだ。とっつきの悪い、変に気取った男だが、彼の教え子のなかには、アルバイトで手紙を訳してくれる学生がいるかもしれない。

佐和子は二階に駆けあがり、ハンドバッグの中にしまったはずの、曽根の名刺を捜した。そうしながら、自分はなぜこんなにも慌てているのだろうと思った。いままで何年も祖父の日記の存在すら忘れていて、それが昨夜、どういうわけか突然思い出したというのもおかしな話だが、日記の内容に驚き、いまさら慌てふためいても仕方がないのに……。

しかし、日記を読んだかぎりは、もはや、慌てふためくしかない。そう強く感じさせるものが、祖父の若き日の日記に隠されていたのだった。

「やあ、きのうは失礼しました」

曽根の声が聞こえた。

「決心はつきましたか。マリア・ベルディーニを、佐和子さんの仕事始めにするって」

佐和子は挨拶もそこそこに、自分の頼み事を言った。

「フランス語？　そんなの、田沼商事に何人もいるでしょう」

「ええ、でも、個人的なことなので、父の会社の方にお願いするのは都合が悪いんです」

「何を訳すんです？」

「手紙です」

「なんだ、手紙ですか。それくらいだったら、ぼくの女房の弟にも出来るでしょう。翻訳なんて言うから、ぼくは小説の翻訳でもするのかと思って」

「奥さまの弟さんはフランス語がお出来になるんですか？」

「パリで五年ほど暮らしてましたから、手紙ぐらいは訳せるでしょう」

「じゃあ、ご紹介いただけませんでしょうか」

「それはお安いご用なんですけど、いま入院してるんですよ」

「はあ……。ご病気だったら、こんなことお願い出来ませんわねェ」

佐和子は気落ちし、やはり大学教授に頼んでみるしかないなと考えた。

「病気というより、膝の皿を割りましてね。どこかの山奥に魚釣りに行って、崖から落ちたんです。でも、手紙の一通や二通は訳してくれるでしょう。頭がつぶれたわけじゃないんだから」

「あのう、一通や二通じゃないんです」

佐和子は、一瞬口ごもったあと、

「訳していただく手紙は、たぶん五、六十通じゃないかと思うんです。いえ、もしかしたら百通かもしれません」

と言った。

「百通！　百通の手紙を訳すなんて、一冊の小説を翻訳するようなもんですよ」

曽根はそう言ってから、でも、あいつも病院で退屈してるだろうからなと電話口でつぶやき、

「百通となると、まるっきりの奉仕ってわけにもいかんでしょう」

と言った。

「勿論、お金を払うつもりです」

ふうん、一通が千円として、百通で十万円か……。曽根は、まるで自分が取り引きをするみたいに小声で言った。

「一通、千円じゃあ、ぼくも頼みにくいですね。一通幾らじゃなくて、まとめて幾らで交渉しましょう。幾らぐらい払えますか」

曽根のひとりごとが耳に入っていたので、十万円に少し色をつけるというわけにはいかなくなり、佐和子は、

「二十万円でいかがでしょうか」

と言った。

「二十万円ね。よし、それで手を打ちましょう。支払いは、うちの事務所を通して弟の懐に入るというふうにしたほうが、佐和子さんの手数もはぶける。そうしましょう」

あきれた、この人、自分の会社をあいだに入れて儲けるつもりなんだわ。義弟には半分しか渡さず、自分が十万円取ろうって魂胆《こんたん》に決まってる……。佐和子は、曽根に、それには及ばない、報酬の交渉は直接本人とする、そう言いかけてやめた。足を怪我して入院してる人なんて、うってつけだ。他に仕事を持っている者だったら、作業も遅れるだろう。そう判断したからであった。父から貰った二千万円の小切手が、多少、佐和子を太っ腹にもさせていたのだった。

「よろしいですか？」

と曽根が念を押したので、佐和子は、おまかせすると答えた。すると曽根は、一日も早く会社を設立するようにと促した。

「有限会社にして、考えつく仕事の項目を全部、定款《ていかん》のなかに入れちゃうんです。洋品雑貨の輸入及び販売というのも入れておけば、手紙の翻訳料も必要経費で落とせる。うちの事務所が領収書を出せばいいわけですから」

なるほど、そういうつもりで、曽根事務所を通して金を支払えと言ったのか。佐和子は、うっかり、曽根を悪く思ったことを申し訳なく感じかけ、でも領収書が曽根事務所のものではなく、彼の義弟個人のものでも、必要経費として落とせるのだと気づいた。

「この、ずるい男」

佐和子は胸の内で言った。曽根は、今日中に返事をすると言って、電話を切りかけたので、

「今日中って、何時ごろになりますかしら。私、いま軽井沢にいるんです。お返事次第では、いまから東京に帰って、弟さんの入院していらっしゃる病院へ行こうと思いますの」

と佐和子は言った。

「軽井沢？　いま軽井沢なんですか？　いつ軽井沢へ行ったんです。きのう、ぼくと別れてからですか？　それとも、今朝早く？」

どうしてこんなに他人のことを知りたがるのかしら。こんな人に、手紙の内容を知られたら、あとあと、厄介なことになるんじゃないかしら。佐和子は一抹の不安を感じながらも、

「きのうの夜遅くです」

と答えた。そして、

「弟さんは、信用できる方《かた》でしょうか？」

そう訊いてみた。曽根は、佐和子の心を見透かしたように笑い、

「信用出来ますよ。手紙の内容を、他人に喋ったりはしません。勿論、このぼくにも、ぼくの女房にも」

と言い、軽井沢の電話番号を訊いて、他に何か用事がないのであれば、そのまま軽井沢にいてくれとつけ足した。

佐和子はぐったりとなって、ベランダの椅子に一時間近く坐っていた。何か食べて、寝ようかと思った。根《こん》をつめて日記を読み、しかも五時間ほど寝ただけだった。だが、佐和子は、自分が滅多にない昂揚のなかにいるのを自覚したので、たぶんベッ

ドに入っても眠れないだろうと思った。

いくら自分であれこれ考えを思いめぐらせていても、祖父とローリー、そして二人のあいだに出来た子供に関する謎は解けはしない。しかも、遺された手紙のなかに、その謎を解くものがあるのかないのかもわからない。佐和子はそんな思案を繰り返し、

「仕事に関する手紙しか残してなかったら、お祖父さまが、ローリーやアスリーヌからの手紙を全部処分してしまってたら、もうどうすることも出来ないのよね。二十万円、捨てるようなもんだわ」

とつぶやいた。けれども、佐和子のなかでは、ある確信が生じて、それは次第に強くなった。それは、祖父が日記を佐和子に遺したという、家族中が首をひねる事実に依っていたのである。祖父が孫の心を混乱させるためだけで、わざわざ日記を遺したとは考えられなかった。それに、あの遺言状の意味……。

おそらく祖父は、ローリーと子供のことを、生涯、己の心に秘めつづけねばならなかったのであろう。そして、そうしなければならなかった事情の背後には、あの意味不明の〈オレンジの壺〉が深く関わっている。祖父は、なんらかの小さな可能性を、私に託したのだ。そうでなければ、あの日記も、生前に処分してしまったに違いな

い。

食欲はないが、やはり少し食べて眠ろう。佐和子は台所で、卵をとき、そこにハムをきざんで混ぜると、熱したフライパンに移した。焼きあがる寸前に、電話が鳴った。佐和子はフライパンを持ったまま、電話を取った。

「百通って聞いたら悲鳴をあげたけど、引き受けてくれましたよ」

曽根は得意そうに言った。

「弟の名前は、滝井茂之。病院は」

佐和子は、フライパンを階段の昇り口に置き、名前と病院名をメモ用紙にひかえた。

「夜は、九時が消灯時間だから、それまでに来てくれって言ってました。それから、忘れてる単語もあるから、仏和辞典も買って来てほしいそうです」

「ノートなんかは要りませんかしら」

「ああ、そうですね。彼は言わなかったけど、必要でしょう」

佐和子が礼を述べて電話を切ろうとすると、曽根は、それがひょっとしたら、悪意のないただの癖なのか、

「百通もの、フランス語で書かれた手紙って、何なんです？」

と訊いた。

「その手紙の中に、金銀財宝でも埋もれてるのかな?」

「壺ですわ」

佐和子は何気なくそう言ってから、自分の口の軽さを責めた。彼女は、自分を口の軽い女だとは思っていなかったので、きっといま自分は興奮しているのだと言い聞かせた。

「壺? へえ、おもしろそうだな。どんな壺なんです?」

「私、この壺で、大儲けしますの」

「大儲けできる壺……。弟が目を離してる隙に、手紙を読みに行こうかな」

「やめて下さい。そんなこと。私、曽根さんがそんなことをなさるんだったら、他の人を捜します。フランス語が出来る人は、他にたくさんいるんですから」

「冗談ですよ。まさか、本気でそんなに大声を張りあげて怒るとは思わなかったなア」

曽根は、わざとらしく笑いながら電話を切った。佐和子は、焼けすぎて固い、ハム入りの卵焼きを、ほとんど機械的に口に入れて噛んだ。

佐和子が、別荘の管理会社に戸締りを頼み、軽井沢駅から上野行きの列車に乗ったのは午後の三時すぎで、曽根の義弟が入院している杉並区の病院に着いたのは七時半だった。

上野駅の本屋で仏和辞典を買ったり、ノートや見舞い品を買ったりしたあと、自分のマンションに寄り、二千万円の小切手を机の引き出しの奥にしまったのだが、もっといい隠し場所はないものかと思案して、三十分も部屋の中でうろうろしていたからであった。彼女は結局それをビニールで包み、冷蔵庫の製氷器の下に隠した。

その病院は外科専門で、滝井茂之は六人部屋の、窓に面した一番奥のベッドで、右足をギプスで固められてあお向けに横たわっていた。

「曽根さんからご紹介いただいた田沼佐和子です。お怪我で入院なさっていらっしゃるのに、面倒なことをお願いして」

佐和子は、もう何日も髭を剃っていないと思われる滝井の、幾分四角張った顔を見て挨拶をした。滝井は無愛想に、

「いえ、どうも」

と言ったきり、長くて細い棒で、しきりにギプスを叩いた。佐和子は、その棒の先を見つめ、いったい何のための棒であろうと思ったが、なんだか居心地が悪くて、

早々に退散したくなった。彼女が手紙の束を出し、

「これなんですが」

と言いかけたとき、滝井は片目をつむり、歯を食いしばって、呻き声を洩らした。

「大丈夫ですか？」

佐和子は驚いて訊いた。

「申し訳ないんですが、これで足首の裏あたりを、搔《か》いてくれませんか。もうかゆくてかゆくて」

滝井は、棒を佐和子に渡し、ああ、たまらん、早く、早くと叫んだ。佐和子は慌ててギプスと皮膚のあいだに棒を差し入れ、

「ここですか？」

と訊いた。もっと上、いやもっと右、もうちょっと右と滝井は指示したあと、

「いやあ、そこです、そこです。ああ、いい気持だ」

とつぶやいて、うっとりと目を細め、

「とにかく、かゆいんですよ。膝のところまでだったら、この棒で届くんですけど、そこから下は、誰かに搔いてもらわないと」

そう言って、しばらく気持よさそうに微笑みつづけた。

「どうもありがとうございました」

「もう、よろしいんですか？」

「よろしいどころか、力が強すぎて、皮がめくれそうなんです」

「あら、すみません」

佐和子は、また慌てて、棒を抜いた。

「十時には部屋の冷房を切ってしまいやがるもんだから、夜中に暑くて目が醒めるんです。ギプスの下には、どれだけのあせもが出来てるか……。それを想像すると、鳥肌が立ってくる」

「ギプス、いつ取れるんですか？」

佐和子は、ベッドの横に置いてある丸椅子に腰を降ろし、見舞いの品と仏和辞典を、そなえつけてある長方形の物入れの上に載せた。

「まだ二週間は我慢しろって言われてるんです。ギプスがこんなに辛いもんだとは思わなかったなァ」

滝井は、そう言うと、ベッドから身を起こし、松葉杖を取り、

「売店の横に面会所があるんです。そこでお話ししましょう」

と誘った。佐和子は、手紙の束を持ち、肩幅の広い、しかし、日本人としては背の

低い部類の、滝井のあとをついて行った。売店の自動販売機でオレンジジュースと煙草を買い、滝井は、面会所の長椅子に、曲がらない右足を伸ばしたまま坐ると、

「これ、全部訳すんですか」

と手紙の束を見つめた。

「全部かどうかはわからないんです。たぶん、第二次大戦以後のものは、訳す必要がないかもしれません」

「第二次大戦？　じゃあ、この手紙は、そんなに古いもんなんですか？」

「ええ。一九二二年の終わりごろか、一九二三年の初めごろのものから、訳していただきたいんです」

滝井は、手紙をたばねてある紐を解き、相当黄ばんでいる一通の封筒を見てから、

「これは、一九二三年三月六日となってますねェ。何て字だろうなァ。ローリー……」

「ローリー・アスリーヌですわ」

佐和子は、胸の奥が熱くなるのを感じつつ、大声で言った。やっぱり、祖父は遺していた。ローリーからの手紙を遺していた。捨てずに取ってあった。祖父にとってみれば、五十年近くも昔の手紙を。佐和子は、そう思い、なぜか涙が滲んでくるのを隠

そうともしなかった。

滝井は、煙草を吸いながら、そんな佐和子を見つめてから、封筒の中の手紙を出してひろげた。

「うわあ、達筆だなァ」

滝井は、困ったような表情で言った。

「達筆な横文字って、読みにくいんですよ。日本語でも、あんまり達筆な字って、読めないでしょう?　たとえば、ｃなのかｅなのか、ｎなのかｒなのか、その人の癖によって違いますからね。それがつづき字になってると、字というよりも、わけのわからない線みたいにしか見えないこともあるし……」

けれども佐和子は、滝井の困惑などまったく気にもかけず、次第に昂揚していく心を抑えかねて、

「一九二三年三月六日に、ローリーがパリから出してるんですね。他の手紙の差し出し人も、いまちょっと見ていただけませんかしら」

と頼んだ。滝井は、何通かの封筒を見て、

「これは一九二四年の五月、これは一九二三年の十一月」

と区分けしていたが、

「あれ？　これは日本人からの手紙ですね。井岡政一郎。在巴里日本大使館となってる」

「それ、いつの手紙でしょう」

滝井は、封筒から手紙を出して、目を通していたが、

「大正十三年九月三日に書かれたことになってますね」

と言った。すべての手紙の中で、井岡政一郎からのものは四通あった。それは勿論、日本語で書かれてあったので、滝井に訳してもらう必要はなかったのだが、いちおう一緒に渡した。この井岡政一郎から送られてきた四通の手紙だけでも、何かがわかるかもしれないのだが、手紙の順序を乱したくなかったのである。

「これが一番新しい手紙みたいだけど、一九四七年四月の日付が入ってますよ。差し出し人は、ピエール・E・ガール。こういうふうにタイプで打ってあると読みやすいんだけどなァ。これも訳しますか？　一九四七年ていうと、昭和二十二年で、第二次大戦が終わって二年たってる」

滝井の言葉で、佐和子は祖父の日記に、ピエール・E・ガールという人物が登場したかどうかについて頭をめぐらせた。しかし、思い出せなかった。日記の後半は、かなり飛ばし読みしたので、あるいはその部分に登場していたのかもしれなかった。

「その手紙の書き出しあたりを、いま訳していただけませんかしら」

佐和子は滝井にそう頼んでみた。滝井は、しばらくタイプで打たれた文章に目をやっていたが、やがて、手紙の一枚目を訳して聞かせた。

「ご依頼の件、早速調査いたしました。しかし、私の得た情報は、あなたにとってはどれも残念なものばかりです。フランスだけでなく、ヨーロッパすべてが、いまなお混乱の中にあり、再会出来ない家族や恋人たちが無数にいる状態です。そのような情況における調査である点を、まず心にとどめて下さい。

まず、アスリーヌ夫人が死亡したことは三つの信頼出来る資料によって確認されました。これは各収容所に遺されたユダヤ人名簿。収容所に送られ、奇蹟的に死をまぬがれた数人の人間による証言。ニュールンベルク裁判における膨大な調書によって確認されたものです。それによると、アスリーヌ夫人は、一九四一年六月十二日にアウシュヴィッツのユダヤ人収容所に送られ、翌年の二月五日に銃殺されました。彼女の後頭部を撃ったナチス・ドイツの若い兵士の名も判明しています。クルト・バンマイヤー、二十三歳。すでに逮捕され、処刑されました」

滝井はそこまで読むと、新しい煙草に火をつけ、

「まだ先を読みますか？」

と佐和子に訊いた。

「いえ、あとで訳していただいたものを、まとめて読みます」

佐和子は、手紙の束にぼんやりと視線を落としたまま、そう言った。彼女は日記の中で、祖父が書いた文章によって、マダム・アスリーヌと接したにすぎなかった。けれども、佐和子自身気づかぬうちに、日記に登場する人々は、なぜか不思議なほどに近しい存在となっていたのである。その中でも最も濃い輪郭を持って生きていた人が、いまたった一枚の手紙によって死んだのであった。

――私の祖先の国は、エルサレムですのよ――。

マダム・アスリーヌと祖父とのあいだで交わされた言葉のひとつが、佐和子の心の中で、そこだけ鈍く光る鉄骨のように立ちあがった。佐和子は、その心の中の鉄骨とともに、自分の体までを立ちあがらせた。

「いつごろ、訳したものを受け取りに来たらよろしいでしょうか」

佐和子は、まだ手紙に見入っている滝井に訊いた。滝井はしばらく考えていたが、

「十通ぐらい訳すたびに、ぼくのほうから連絡を入れるというのはどうでしょう。まとめてと言うと、気が遠くなるけど、十通ずつ分けて渡すとなると、多少、ぼくの気分もらくでしょうから」

と提案した。いっときも早く手紙を読みたいと思っている佐和子にとっても、その提案はありがたかった。佐和子は了承し、消灯時間の近づいた病棟から玄関へと向かい、病院を出て、タクシーを停めた。

マダム・アスリーヌは、ユダヤ人収容所でナチスによって殺害された。ローリーも、ローリーの子も、同じ運命をたどったのであろうか。

佐和子はマンションに帰り着き、服を着換え、居間のソファに坐ってからも、ずっとそのことを考えつづけた。だが、佐和子以外誰もいない、物音ひとつない部屋で、いやに疲れた体と神経を休めているうちに、あの日記に秘められた謎は、もっと別の問題への解答を促しているような気がしてきた。祖父が、ローリーを残してパリから去ったのは一九二二年であり、ローリーの母が収容所で死んだのはその二十年後なのだ。問題は、その二十年の歳月ではなく、ローリーとその子が、なぜ日本にやってこなかったのかという点であった。

佐和子は、いやに暑くて、首筋に汗をかき、それをハンカチでぬぐったが、冷房を切ったままであることに、随分長いこと気づかなかった。彼女は、緩慢にソファから立ちあがり、冷房のスウィッチを入れ、それから風呂場に行って、浴槽に水を溜めた。風呂が沸いたころ、電話が鳴った。父であった。

「親父の手紙がどうしたっていうんだ」

と父は訊いた。

「おじいさまの日記を読んだわ」

「うん、それで？」

「そしたら、手紙も読まなきゃいけなくなったの」

「そんなの、答になってないよ。禅問答やってるんじゃないんだぞ」

父は苛立った声で言った。佐和子は、父に日記の内容を話すべきかどうか考え込み、受話器を耳にあてがったまま黙っていた。しかし、日記に秘められた事柄が事柄だけに、父に内緒にしておくわけにはいかない。そう思って口を開こうとすると、別の心が、それを制するのである。祖父は、私に日記を遺したのだ。なぜ、自分の息子に遺さなかったのであろう……。ローリーとのあいだに子供が出来、結婚の約束もしたのに、ローリーも子供も日本にはこなかった。そのような人生における重要な出来事を、祖父は現役からしりぞき、息子にすべてをまかせたあとも語って聞かせなかった。それは、なぜだろう……。

「おい、佐和子、どうした」

父は、いっそう苛立ちをつのらせて声を大きくさせた。

「手紙を読まないと、よくわからないのよ。フランスからの手紙だから、それをまず先に訳さないといけないの。きょう、訳してくれる人を捜して、手紙を渡して来たわ。その手紙を全部読み終えたら、お父さまにも、ちゃんと説明するわ」

「そんなに重要なことが、あの日記に書いてあったのか？　田沼家の存亡にかかわるようなことか？」

「存亡？　そんな問題じゃないと思う」

「俺は、親父の息子だぞ。お前は、俺の娘なんだ。なぜ、いま日記に何が書いてあったのかが言えないんだ」

父は本気で怒りだし、声を震わせた。

「だって、あの日記は、私に遺したのよ。おじいさまの遺言を覚えてるでしょう？あの意味を考えてみてよ」

「考えたけど、わからなかったんだ。だけど、お前はとうとうそれを読んだ。日記の内容を口外してはならんという一文は、あの遺言状にはなかったはずだ」

確かに、言われてみれば、そのとおりであった。それでもなお、佐和子は、ローリーや、ローリーと祖父とのあいだに出来た子供について、まだ話してはならないような気がした。

「もうちょっと待って」

佐和子は父に言い、電話を切った。

翌日、佐和子は、朝の十時の時点で、すでに摂氏三十五・八度に達したという東京の街に踏み出し、冷房の利かない地下鉄を乗り継いで、南麻布の都立中央図書館へ向かった。

祖父がフランスを立った一九二二年十一月には、ヨーロッパ、なかんずくフランスは、どのような政治状況にあり、一九三九年の第二次世界大戦勃発への道のりを、いかなる形で歩んでいったのかを学ぼうと思ったのである。そして、第二次世界大戦が、どのような進展ののちに終局を迎えたのかも、頭に入れておきたかった。

佐和子が、何かに駆りたてられるように、行動を起こしたのは、昨夜、滝井茂之によって、ほんの少し訳された手紙が、マダム・アスリーヌの、アウシュヴィッツでの死を告げるものだったからである。佐和子はそのことによって、ローリーとローリーの子供の運命も、戦争というものと無関係ではなかったはずだと考えた。第二次世界大戦は、祖父が日本へ帰国して約十七年後に勃発しているので、ローリーとローリーの子供が、日本にやってこなかったことは、それとは別の次元の問題であったに違いなかった。しかし、戦争が終わっても、なお、ローリーとローリーの子供は、日本にやってこなかった。それどころか、二度目の世界大戦までの、表面的には平和であった時代にも、二人は日本の土地を踏んでいないのだった。

佐和子にとって、大きな疑問は、もうひとつあった。祖父が、三十八歳で結婚したという事実である。その相手は、つまり佐和子の祖母だった。つまり、祖父はフランスから帰国して約三年後に、ローリーとの婚約を破棄して、日本人を妻にめとっている。ローリーとのあいだに、子供までもうけたというのに……。

幾つかの謎の渦中に放り込まれたにもかかわらず、そのどれもが、自分の人生とは別のところにあり、自分には痛くも痒くもない事柄なのだと考えながら、佐和子はまず百科事典を図書館の書棚から出し、閲覧室の隅を選んで、椅子に坐った。そして、ぶあつい百科事典に何ページにもわたって記載されている（世界大戦）の項を読んだ。

第二次世界大戦は、一九三九年九月、ドイツのポーランド侵入をいちおうの契機として始まり、一九四五年八月の日本の降伏までの六年間にわたって行なわれている。死者は千五百万人に達し、その中でも最も多くの死者を出したのはソ連で、約七百五十万人であった。

ヨーロッパでは、一九三三年に、ナチス・ドイツの指導者・ヒトラーが政権を握ったが、その背後には、第一次大戦後、敗戦国であるドイツに課せられた賠償金問題があった。その過重さで苦しむドイツは、急速に国粋的思想へと傾き、ナチスの台頭を助長する気運が生じたのであった。ドイツの経済的崩壊を援助するため、アメリカ資本がドイツに投資し、とりあえず安定の時期を持ったが、一九二九年、アメリカで恐慌が起こると、ドイツの政治と経済が危機に追い込まれていく。その国家的危機意識の中で、ヒトラーは政権を握り、独裁的な全体主義体制を作りあげていった。

ドイツの本格的作戦は、一九四〇年四月のデンマーク・ノルウェイの占領であり、五月にはベルギー・オランダを、さらに五月十五日にはフランス本土に進入し、六月十四日、パリは無血占領された。

「パリは、一九四〇年にナチス・ドイツに占領されたのかァ……」

佐和子は、新しいノートにまだ何も書き写さないまま、このおおまかな記述では、世界大戦下におけるパリの状況はつかめないと思った。けれども、佐和子は再び、第一次大戦のところに戻り、なんだかわかるようでわからない戦争の図式を、自分なりに図を作ってノートに書いたりした。それだけで二時間近くかかった。

もう長いこと、根をつめて字を書くことなどなかったので、佐和子は、ボールペンを握る指が痛くて、五、六行書くたびに、肩をもんだり、指をさすったりした。

佐和子は、百科事典をひろげたまま、フランスの近現代史に関する本を四冊持って来て、机に置いた。借りて帰って、マンションで読もうかとも思ったが、それだとすぐに眠くなって、途中で投げ出しそうな気がしたので、とにかく図書館で頑張ろうと決めた。彼女は、大学受験の時代を思い出し、高校三年生の夏、図書館で勉強した時期に思いを馳せた。校則違反など何ひとつ犯したことのない、目立たない、友だちのいない、面白くも何ともない女子高生だった自分の固い顔つきが脳裏に映し出された。

「いまも、あんまり変わってないのよね。おかしな結婚をして、余計に枯れちゃったわ」

佐和子は図書館の窓から見える桜の葉を見やりながら、自分はどうしてこんなに面白くない女なのだろうと思った。思ってから、自分のことをそんなふうに感じたのは初めてであるのに気づいた。彼女は、自分を地味な女だとは自覚していたが、面白くない女だとは考えたことがなかったのだった。そして、佐和子は、別れた夫の最後の言葉を、客観的な、冷めた心で反芻した。何が、私を魅力のない、面白くも何ともない女にしているのだろう？

佐和子は、ぼんやりとそんなことばかり考えつづけ、結局、その日は百科事典を読んで、要点をノートに書き写しただけだった。

図書館から出たとたん、かなり傾いているとは言え、いっそう熱気を高めた真夏の太陽と、焼かれたアスファルト道の照り返しに体全体を挟まれたみたいになり、佐和子は視界が白くなったり黒くなったりした。

考えてみれば、この三日間、ずっと寝不足で、根をつめて祖父の日記を読み、涼しい軽井沢から帰って来るとすぐに滝井の入院している病院を訪ね、きょうは、百科事典の細かい文字に頭脳を集中させたのである。

「ちょっと異常だわ、この暑さ……」

佐和子は声に出してつぶやき、歩きだしたが、五、六歩も行かないうちに、ふと、ある人物を思い出して立ち停まった。七年前に、田沼商事を停年退職した雨宮豪紀という人物である。祖父が田沼商事を創設して五年目に入社し、その後ずっと大番頭格として勤めつづけ、祖父の死後も相談役となって二代目社長を陰で補佐してきた男だった。タケノリという名だが、社員も佐和子の一家もみなゴーキさんと呼んでいた。七十歳のとき、相談役を自ら辞し、隠居生活に入った。

そのゴーキさんが、この近くのマンションに住んでいるのを、佐和子は思い出したが、マンションの住所も電話番号も知らなかった。佐和子は、祖父の懐刀として辣腕をふるったゴーキさんに逢っておきたくなった。祖父は、あるいはゴーキさんにだけは、何かを明かしていたかもしれない。そう思ったのである。

公衆電話のボックスに入り、片方の足で、ドアが閉まらないように細工して、電話帳をくった。そうしないと、サウナ風呂みたいになっている電話ボックスの中には、三十秒も入っていられなかった。雨宮豪紀の名はすぐにみつかった。確かに南麻布で、都立中央図書館の近くである。佐和子は雨宮に電話をかけた。

佐和子からの電話に、ゴーキさんは何事かといぶかしげな声で応じた。

「近くまで来たものですから」

と佐和子が言うと、ゴーキさんは、

「近くって、どこです？」

と訊いた。

「中央図書館の傍なんです」

「ああ、じゃあ、歩いて五分ほどですな。せっかく近くまで来たんだから、ぜひお立ち寄り下さい」

ゴーキさんは道順を教え、

「いまから、手みやげを買う必要なんかありませんよ」

と言って電話を切った。そう言われたものの、佐和子はやはり何か果物でも買おうと思ったが、果物屋を捜す気力はなく、結局、手ぶらで、教えられた道を歩いて行った。

雨宮豪紀の住まいは、五階建てのマンションの三階にあった。チャイムを押すと、小柄で歳の割りに体の動きが敏速な、ゴーキさんの妻が笑顔で迎えた。雨宮夫妻とは、結婚式の披露宴で顔を合わせて以来、逢っていなかった。

「いやあ、珍客だなァ」

ゴーキさんは、笑って佐和子を見やったが、居間に案内しながら、ズボンのポケットから補聴器を出し、それを耳にはめると、

「お父さまは、ことしも箱根ですか？」

と訊いた。佐和子が知っているゴーキさんは、見事な白髪をオールバックにしていたのだが、いまはそれをバリカンで刈り、坊主頭にしていた。そのため、以前よりももっと気難しそうに見えた。

ゴーキさんは、居間のソファに坐るように促し、型どおりの挨拶を交わしたあと、

「もう元気になりましたか？」

と、にこりともせず訊いた。

「いいえ。元気になるには、もう少し時間がかかりそうです」

佐和子は正直に答え、

「ゴーキさんにもわざわざ披露宴にお越しいただいたのに、みんながあきれるくらい早く離婚してしまいました……」

と言った。

「ほんとに早く別れちまった。ぼくも家内もびっくりしちまって、社長にも佐和子さんにも、どんな言葉をかけたらいいのかわからなくてね。しかし、合わない夫婦は、早く別れたほうがお互いのためだ」

ゴーキさんの妻が、冷たい麦茶を運んで来てくれた。

「で、きょうはどんなご用向きです？」

佐和子は、どう切り出そうかと思案し、とりあえず、麦茶を飲んだ。夫妻は、ちらっと顔を見合わせた。それから、ゴーキさんの妻は、気をきかせて席を外した。

「祖父が、私に遺した日記のことをご存知ですか？」

佐和子は、ゴーキさんに訊いた。

「先代の社長が？　いや、ぼくは知りません」

その口調には、嘘はなさそうだった。佐和子は、祖父がパリに住んだ時期の日記を自分に遺したいきさつと、それを二日前に読んだことを話した。しかし、日記の内容については黙っていた。

「それで、ゴーキさんに教えていただきたいことがあっておうかがいしたんです。祖父は、ゴーキさんにパリで暮らした時期について話したことがありますかしら」

「先代がパリで暮らしたのは、確か大正十一年でしたな」

「はい、一九二二年です」

「ぼくが、田沼商事に入社したのは、昭和二年の四月です。昭和二年というと……」

ゴーキさんは顔を突き出し、指を折ってかぞえ始めた。

佐和子は、

「一九二七年です」

と教えた。

「そうそう、そのころです。ぼくは、十六歳だった。静岡の中学に通っとったんだが、家業がつぶれて、学校を辞めなきゃならなくなりましてね。知人の紹介で、先代の会社にお世話になった。なにしろ十六歳ですからね。お茶をくんだり、事務所の掃除をしたり、使い走りをしたりで、なんとか仕事らしい仕事をさせてもらえるようになったのは、二年くらいたってからですよ。その間、先代が授業料を出してくれて、夜学に通いました。そのころ、田沼商事には、ぼくを含めて六人の社員がいたんだが、先代の片腕みたいになって働いてた人は、確か、ぼくが入社して四年目あたりに病気で亡くなりましてね。あとの四人も、他の会社に移ったり、戦争で死んだりして、結局、ぼくが一番古参ということになっちまった。だから、先代のパリ時代の話は、あまり聞いていません」

ゴーキさんは、そこまで言って、口をつぐんだ。何か言い足そうとしたがやめた、そんな口のつぐみ方であった。

「祖父は、戦争が終わってからも、パリには行かなかったんですか？」

と佐和子は訊いた。

「ええ、フランスには足を向けなかった。ヨーロッパには、私を同行して、戦後何十回も商談のために出向いたが、フランスにだけは行かなかった」

「どうしてですか？」

「フランスという国は嫌いだ。自分の性に合わない。そうおっしゃってましたな。だから、ヨーロッパに行ったときは、西ドイツのフランクフルトかベルリンを拠点にして動きました。フランスへは、ぼくだけを行かせて、ご自分は、そのあいだ、たいていベルリンで遊んでましたよ」

ゴーキさんは、やはり何か知っているに違いない。佐和子はそう確信し、いずれゴーキさんに、日記の内容を話すときが訪れるだろうと思った。

「私、おじいさまの日記を読んで、世界大戦について勉強しなければならなくなったんです。それで、図書館に行ったんですけど、よくわからなくて」

佐和子は話題を変えて、

「歴史書っていうのは、おおざっぱか細分化されすぎてるかのどっちかで、幾ら読んでも、全体のかなめの流れが見えないんです」

と言った。ゴーキさんは同意するかのように頷き、

「そりゃあ、世界ってやつは、同時に動いてるから、たとえばマリー・アントワネットの生涯を調べることは出来るが、マリー・アントワネットの気まぐれで、どこの国のどんな政治家が首を吊ったかまでは、歴史書ではわからんわけです」

と言い、しばらくテーブルに視線を投じてから、

「第一次大戦の発端は、日露戦争ですよ」

そう言って、目つきを鋭くさせた。

こいつに説明しても、ちゃんと理解出来るのかねェ、といった表情を、ほんの一瞬

窺《うかが》わせたゴーキさんは、補聴器の音量を調節し、さてどういう順序で話そうかと思案しているようであった。

「これは、ぼくが先代のお伴をして何度かヨーロッパを行き来しているあいだに、いろんな人から聞いた戦争に関する考え方を、自分なりにまとめたうえでの結論ですよ。欧米の強国は、十九世紀に資本主義的な発展をとげて、さらなるマーケットを海外に拡げていったんですが、そうなるとアジアやアフリカ諸国までもが欧米の勢力範囲に取り込まれることになっちまった。日本は、日清戦争の勝利でアジアの強国として自信を持った。帝国主義の波が、全世界を包んだんですな。この有限の地球上で、それが、十九世紀の末に抜き差しならない情況にまで進んじまった」

ゴーキさんは、煙草に火をつけ、

「どうです？　こういう説明の仕方でわかりますか？」

と訊いた。佐和子は、とてもよくわかると答えた。ゴーキさんは頷いて微笑し、話をつづけた。

「ロシアもイギリスもフランスもアメリカも、それに日本も、凄い資源大国の中国に、自分たちの勢力を伸ばしたかった。つまり、強国の利害は、二十世紀に入ると、中国をめぐって対立が烈しくなったってわけです。まあ、ややこしい話は省きますが、そういう利害対立の中で日露戦争が起こったんです。つまり、この戦争もまた、ロシアと日本だけの戦争じゃなかった。当時は、世界中で、イギリスとドイツの利害が衝突してた。アメリカはアメリカで、日本がロシアと戦争して極東地域におけるロシアの力を弱め、それによって日本が朝鮮と満州を占領することを望んでたんです。なぜなら、日本に占領させておいて、そのあとじっくりとアメリカ資本に従属させようって魂胆だったからですな。つまり日露戦争も、早い話が、双方の背後にいたイギリスとアメリカ、ドイツとフランスの仕掛けた代理戦争と言ってもいい。その証拠に、日露戦争における日本の戦費の半分は、イギリス、アメリカ、ドイツの資本だったし、ロシアの戦費の三分の一以上が、フランスとドイツの資本だったんです。ここで、奇妙なことに気づくでしょう？　ドイツのやり方です。ドイツは、日露戦争では、両方の国に資金援助をしてる。ここが要点ですよ。自分のまいた種とはいえ、ドイツは、日露戦争によって、イギリスとロシアの対立、それにフランスの孤立を進めて、外交的勝利を得たのにもかかわらず、ヨーロッパで孤立せざるを得なくなっちまった」

世界市場において、ドイツの最大の競争相手はイギリスだったし、イギリスにとって、ドイツが海軍の増強を推進したことは最大の軍事的脅威となった。そう言ってか

ら、ゴーキさんは、

「難しいですか？」

と訊いた。

「フランスは、どんな立場を取ってたんですか？」

佐和子が質問すると、

「そこです。ヨーロッパで孤立することが、フランスの大きな不安だったんです。日本とイギリスは当時、同盟を結んでた。もし、日露戦争が起こったら、ロシアの同盟国だったフランスは、イギリスを敵にまわすことになる。そうなると、イギリスとの関係を改善しなければならない。それに、もうひとつ、フランスには、モロッコを手に入れたいという野心があったんです。そこで、フランスとイギリスは交渉を始める。この交渉が英仏協商として成立したのも、日露戦争の勃発のお陰でしょう。なぜなら、イギリスとフランスが戦争を避けたいと思うなら、結局、両国は同盟を結ぶしかないからですよ。英仏協商は、結果として、フランスにモロッコを領有させることに成功させちまった。しかし、それに対して、ドイツは黙っちゃあいなかった。なんとか、英仏協商をつぶそうと、やっきになったんですな。そこで、ドイツはモロッコに介入する……」

ゴーキさんの話を、佐和子はノートに走り書きすることに懸命だったので、内容の咀嚼《そしやく》にまで至らなかった。彼女は、これまで書き写した文章を読み直し、

「結局、帝国の経済的な発展が、戦争の引き金になっていくってことですか？」

と訊いた。

「短絡的に言えば、そういうことですな。帝国主義は、経済の成長を外国との商売によって推進せざるを得ないわけですから。だから、そこで対立する思想として社会主義が登場してくるわけです」

ゴーキさんは大きく咳ばらいをし、

「日露戦争は、ヨーロッパの強国に不安な要素をたくさんもたらした。そうして、日露戦争は、日本の勝利で終わったんですが、それによって、イギリスとドイツの対立は強くなった。ヨーロッパは、イギリス、フランス、ロシアの三国協商と、ドイツ、オーストリア、イタリアの三国同盟の、二つの陣営が、危険なバランスを保って睨み合っていきます。しかし、この二つの陣営だけが、ヨーロッパではなかったんです。東ヨーロッパ、とくにバルカン地方と呼ばれる地域でも、こぜり合いが起きてました。みんな小さな国々ですよ。セルビア、ブルガリア、ルーマニア、ギリシャなんかの国々が、ロシアだとかドイツだとかオーストリアの利害に利用されて、つまるとこ

ろ、代理戦争に突入したんです」

ゴーキさんは、指先で、テーブルの上に何か文字を書いた。佐和子は、

「何て書いたんですか？」

と訊いた。ゴーキさんは笑みを浮かべ、

「日露戦争って書いたんですが、その次に、オーストリア皇太子の名前を正確に思い出そうとして、その人の名も書きました」

と言い、その笑みを嘲笑的なものに変え、身を乗りだした。

「このバルカンの一角に、いまはユーゴスラヴィアの一部になってますが、ボスニアっていう国があったんです。当時は、オーストリア領として、隷属させられてました。そのボスニアの首都だったサラエボで、一九一四年、つまり第一次世界大戦勃発の年の六月に、オーストリアの皇太子フランツ・フェルディナントが暗殺されたんです。セルビアの反オーストリア的秘密結社に属するひとりの青年にね。オーストリアは、この暗殺事件で、セルビアに宣戦を布告した。勿論、ドイツが支援してくれることを計算に入れたうえでの宣戦布告ですよ。だけど、暗殺者であるひとりの青年も、皇太子を殺されたオーストリアも、まさか、この事件によって、全ヨーロッパが、あっというまに大戦争に突っ走るとは、夢にも思ってなかっただろうってのが、いままで

は語り草になってます」

その暗殺事件によるヨーロッパの動きを、ゴーキさんは、かいつまんで説明した。

「オーストリアに宣戦布告された小さなセルビアって国を、ロシアは外交面からも戦略面からも見殺しには出来なかったから、ロシア軍をセルビアに動員したんです。ところがそうなると、こんどはオーストリアと同盟を結んでるドイツは、それを黙って見ているわけにはいかなくなって、ロシアに宣戦を布告した。すると、ドイツはフランスともケンカしなけりゃならなくなっちまった。ドイツは、イギリスが中立を守るだろうと予想してたんだが、どっこいイギリスは、ドイツのベルギー政策に事寄せて、ドイツに宣戦布告したんです。バルカンの小さな国の名もないひとりのテロリストが、ヨーロッパ中を大戦争に巻き込んだってわけです。これが、事実上の、第一次大戦の勃発です。だけど、そこに至る幾つかの、ヨーロッパ強国同士のアンバランスを決定的にしたのは、中国を我が物にしたいという強国の利害から生じた日露戦争だったんですよ」

ゴーキさんは、この第一次大戦の最中に、とても二日や三日では話しきれない、さまざまな国での、さまざまな政変や革命や侵略が繰り拡げられたのだと言って、人差し指を立てた。

「この戦争のどさくさに、まずロシア革命が起こった。あれは確か一九一七年ですが、まず三月革命って呼ばれるやつで、当時の皇帝ニコライ二世が退位に追い込まれ、スイスに亡命してたレーニンが帰ってきて、革命の指揮を取り、十一月七日に労働者兵士のソビエトが政権を握って、世界で最初の社会主義国家が誕生したんです」

次いでゴーキさんは、もう一本の指を立てた。

「日本が、第一次大戦に参戦したのは、ロシア革命よりも三年前だったと思いますね。日英同盟の名目で、ドイツに宣戦布告したんですが、腹の内は、中国における権利を獲得したかった。そのために、ドイツの租借地だった青島《チンタオ》を占領しちまった」

ゴーキさんは、自分の立てた二本の指を見て苦笑し、それを膝の上に降ろした。

「戦争が長びきますとね、中立諸国を味方に引き入れるってことが局面を打開する重要な作戦になってくる。たとえば、トルコはドイツ側についたんですが、そうなると、軍事的に非常に大事なスエズ運河をトルコに握られないようにしなけりゃいかん。となると、トルコに支配されてたアラビア人たちの独立運動に、連合国側は手を貸さなきゃならなくなる」

「アラビアのロレンスですね。映画を観ましたわ」

佐和子は言った。

「ああそうですか……。そんな映画があったんですか」

ゴーキさんは、あまり興味を示さず、話題を変えた。

「先代は、ヨーロッパの歴史を学べと、私に口を酸っぱくさせておっしゃいましたよ。ヨーロッパ人の考え方を理解しておかないと、貿易事業なんて出来やしないってね。第二次大戦が終わり、田沼商事が再び看板をあげたのは、昭和二十三年でした。私が先代のお伴をして、初めてヨーロッパの土を踏んだのは昭和二十五年です。日本は敗戦国でしたが、先代はじつに堂々としてた。日本人はみんな卑屈になってた時代に、戦勝国のホテルのロビーで、葉巻を味わいながらフランス語の新聞を読んでました。先代は、英語もドイツ語も話せたが、フランス語が一番得意だったので、イギリスにいても西ドイツにいても、フランス語の新聞や雑誌をお読みになりました。私は、フランス語は苦手でしたねェ。フランス人と日本人とでは、舌の形が違うんだという結論を下して、フランス語からは足を洗いましたよ。そのぶん、英語とドイツ語は一所懸命、勉強した」

「そんな祖父が、どうして戦後一度もフランスに行かなかったんですか？」

と佐和子は注意深くゴーキさんの表情を観察しながら訊いた。

「嫌いだったからでしょう」

ゴーキさんは、素っ気なく無表情に答えた。

「どうして嫌いだったんでしょう」

「さあ、それは田沼祐介という人間の、心の問題でしょう。余人の憶測の及ばぬところです」

ゴーキさんは、佐和子の肩口から、窓の外に視線を投じた。佐和子は、随分迷ったのち、胸をどきどきさせながら、

「祖父の日記に〈オレンジの壺〉という言葉が出てくるんです。何のことだか、私にはわからないんですが、ゴーキさんには心当たりはありませんか?」

と問いかけた。佐和子には、こんなにも精神を集中させて、他人の表情にあらわれる微細な襞《ひだ》をみつけようと試みたことは、かつてなかった。

「オレンジの壺? さあ、何のことですかねェ。私には皆目わかりませんなァ」

しかし佐和子は、ゴーキさんのかたくなな無表情こそ、最も雄弁な表情であるような気がしたのである。

「先代は心の暖かい人でした。他人の苦しみや哀しみを、あれほど理解出来た人も少ないでしょう。失礼ながら、いまの二代目社長には、その点が欠けてますな」

おそらく、盗み聞きをしていたのではなく、たまたまそのゴーキさんの言葉が聞こ

えたのであろう。ゴーキさんの妻が、さらに何か言おうとしている夫を制するかのように、居間に入って来て、

「京都の水羊羹《みずようかん》があるんですよ。年寄りには食べ切れないくらい冷蔵庫に入れたままで。娘が嫁ぎ先から送ってくれたんですけど、佐和子さん、召し上がりません？」

と言った。佐和子は思いのほか長居をしてしまったのに気づき、

「いえ、突然お邪魔して申し訳ありませんでした。もう失礼いたしますので」

と言い、腰をあげた。ゴーキさんの妻は、せっかく来たのだから、もっとゆっくりしていって下さいと勧めたが、ゴーキさんは、幾分、表情を固くさせて、佐和子を引き留めようとはしなかった。彼も立ちあがり、無言で玄関へと歩を運んだ。靴を履き、再び礼を述べて出て行こうとした佐和子に、ゴーキさんは声を掛けた。

「先代が亡くなって、もうかれこれ十数年になりますが、どうしていまごろ、先代のパリ時代の日記を読もうなんて思ったんです？」

佐和子は、しばらく考えて、

「たぶん、私が離婚したからだと思います」

と答えた。ゴーキさんは、怪訝《けげん》そうに佐和子を見つめ、

「なんだか、あなたらしくない言葉だな」

とつぶやき、かすかに微笑んだ。佐和子も、そんな気がして、ゴーキさんから視線をそらすと、雨宮家を辞した。

マンションに帰り着くと、佐和子はまず冷蔵庫をあけ、製氷室の下にビニールで包んで隠したままの、二千万円の小切手を出した。

冷たい一枚の小切手は、暖まると、そのまま溶けて消えてしまいそうな気がした。父に返すにしても、とりあえず、自分の銀行口座に振り込んでおかねばならない。そう思いながら、佐和子は長いこと、テーブルに小切手を置き、力なく頬杖をついて眺めつづけた。

彼女は、父に強引にホテルに呼び出された日からきょうまでで、いったい何日が過ぎたのだろうと、指を折ってかぞえてみた。わずか三日間であった。その間、ろくに眠らなかったということもあるにせよ、自分の疲れ方は尋常ではないと思われた。

「たった三日間か……」

佐和子は、何度も両手で髪を梳《す》きあげて、そうつぶやいた。このひどい疲れは、何が原因であろう。おそらく、祖父の日記にしまい込まれた幾多の人生や時間に、この自分も引きずり込まれたからであろう……。

佐和子の中では、ゴーキさんが別れぎわに言った言葉が妙に浮きあがって消えなかった。――なんだか、あなたらしくない言葉だな――。

祖父の日記の存在をふいに思い出し、しかもそれを読もうと唐突に行動に移すことは、確かにこれまでの自分にはなかったやり方に違いない。やり方という言葉が不適当なら、行動と言い換えてもいい。さらに、その行動に駆りたてたものが、自分の離婚にあるという、別段何の作意もない、自然な思考の経路を辿って滑り出た言葉も、まったく自分らしくない……。けれども、深く考えれば考えるほど、その思考の経路に歪みはなかったと佐和子は思うのである。

私には魅力がないのはなぜかしら、別れた夫だけでなく他の人もみな、私を、人間としても女としても、何の魅力もないと思っているのかしら。

「ブスでも可愛い人っているわ。どこがどうって口では言えなくても、素敵な人っているわ」

佐和子は、しばらく、若き日の祖父の面影からも、マダム・アスリーヌやローリーの幻影からも離れて、頭をからっぽにして休もうと決めた。第一次大戦ののち、第二次大戦へと進行する歴史からも離れよう。

久しぶりにテレビをつけ、ありあわせのもので夕食を作ろうと台所に立った。スパゲッティを茹でていると、しきりに別れた夫との、決して表立つことのなかった、どれもが些細な葛藤が、幾つかの断片的な映像とともに甦ってきた。

佐和子は、新婚旅行に出掛ける際、断じて新調のスーツに白いハイヒールなどといういでたちは避けたかったのだが、夫が背広にネクタイという格好なので、仕方なく、それに合わせた。ところが、飛行機が成田を飛び立ってすぐに、夫は、

「新婚旅行に、背広とネクタイなんて最低だな」

とつぶやいたのだった。そして、夫は、

「きみが、ばしっときめてるのに、俺だけセーターにコットンパンツってわけにはいかないからね」

そういまいましそうに言った。そんな行き違いは、新婚旅行中に限って思い浮かべてもたくさんあった。美術館に行っても、佐和子にはとりたてて観たいものなどないのだが、夫はニコラ・プッサンの〈蛇に噛まれて死んだ男のいる風景〉の前から離れない。この絵を観たくて、ロンドンのナショナル・ギャラリーに来たのかと思い、いつまでも夫につきあって立っていると、

「そんなにこの絵が観たかったの？　でも、もういいだろう？　二十分も観たんだ。どこかで紅茶でも飲もうよ。きみにつきあって、足が棒みたいだ」

と言う。

ホテルで眠っている夫を、好きなだけ寝させてあげようと思い、ひとりで街をぶらついて帰って来ると、

「きみがソファで、うとうとしてたから、買い物に出たいのを我慢して横になってるうちに寝てしまったんだ」

と舌打ちをする。かぞえあげれば、きりがなかった。そこで佐和子は、自分がちゃんと意思を伝えないのが悪いのだと反省し、夫があそこへ行こうと誘っても、よほど行きたくない場合は断わった。すると、夫は、

「なんだ、行きたくないのか。退屈そうな顔をしてたから誘ったのに」

と恥かしそうに苦笑する。万事がこんな具合で、それは新婚旅行から帰っても同じだったのである。

「もう、あの飛行機の中で終わりかけて、ロンドンの美術館で完全に終わったのよね」

スパゲッティの茹でかげんを確かめながら、佐和子は溜息交じりに言った。

電話が鳴った。たぶん父であろうと思い、そのまま無視しつづけた。電話は切れたが、五分もしないうちに、またかかってきた。父のことだから、夜中にでもかけてく

るだろう。佐和子は、うんざりした気分で受話器を取った。

「やあ、曽根です。おとりこみ中でしたか？」

佐和子は、自分でも珍しいと感じるほど腹が立ち、

「ええ、電話が鳴ってても出られなかったくらいですから」

と答えた。

「いやあ、申し訳ない。最初にかけたとき、間違って他のところのダイヤルを押したのかと思っちゃって」

この図々しさは、もうひとつのれっきとした才能だわ。佐和子は、腹立ちまぎれに、そんな自分の思いを口にしかけたほどだった。

「さっき、弟の見舞いに行ってきましてね。手紙の束を見ましたよ。あれを全部訳すのは大変ですね」

佐和子は、曽根が義弟の見舞いにかこつけて、じつは手紙を見に行ったのに違いないと確信した。

「全部、フランスからの手紙ですね」

と曽根は屈託なく言った。フランス語で書かれた手紙を訳したいのだから、フランスからの手紙に決まっているではないか。佐和子は、ますます腹が立って、黙ってい

た。

「もう三通訳したって言ってましたよ」

佐和子は思わず、

「曽根さん、お読みになったんですか？」

と訊いた。

「そんなことをなさったら、私、曽根さんも弟さんも訴えますよ」

「冗談じゃありませんよ。そんなことするはずがないでしょう。弟も、たとえぼくにだって、他人の手紙を読ませたりしませんよ」

佐和子は、ほっとしたが、そう簡単に安心してはいけないと自分に言い聞かせ、

「あの手紙は、まったく個人的なものですから」

と強い口調で言った。すでに訳したという三通の手紙の内容を、この曽根は、義弟から巧みに訊きだしたのではあるまいか……。そんな気がした。

「いやあ、弟は喜んでました。なにしろ失業中でしてね。この際、二十万円はありがたいって」

「失業中……」

「ええ、自分でデザインスタジオをやってたんだけど、うまくいかなくなって。ま

あ、女房も子供もいない気楽な身分だから、べつにご心配いただくこともないんですが」

誰も心配なんかしてないわよ。佐和子は、苛々しながら、そう胸の内で言った。

「何かお役に立つことがありましたら、遠慮なく相談して下さい。とにかく、ぼくは〈人脈の曽根〉って呼ばれてるくらいですから」

そんな曽根の言葉に、佐和子は生返事で応じ、茹でたスパゲッティを気にして、台所を何度も覗いた。

「パリには、三人、友だちがいます。もしパリに行くことがあったら、連絡して下さい。向こうで不自由しないように手配しますから」

と曽根は言った。

「パリ？」

「ええ、パリへ行くんでしょう？」

「いいえ、そんな予定はありません。どうして、そう思われたんです？」

この男、やっぱり手紙を読んだのだ。佐和子は怒りで体が冷たくなった。

「勘ですよ。勘。なんとなくそんな気がしたもんですから」

「あのう、いまスパゲッティを茹でてるんです」

「ああ、そうですか。じゃあ、スパゲッティがのびないうちに失礼しましょう」

曽根はそう言って電話を切った。佐和子は、時計を見、まだいまだったら、消灯時間までに病院に行けると思い、慌《あわ》てて小切手を製氷室に隠すと、自分の部屋から走り出た。手紙を返してもらおうと思ったのだった。あの曽根という男は安心出来ない。何か魂胆があるにせよ、単なる興味半分にせよ、曽根に、祖父への大切な手紙を一行たりとも読まれたくなかった。

タクシーに乗ってから、佐和子は、テレビもつけっぱなしで、ガスの元栓も閉めてこなかったことに気づいた。しかし、かまわず、タクシーの運転手に、急いでくれるよう促した。

「あんないやな男も珍しいわ。見た目は結構立派で悪人みたいな顔もしてないけど、何か隙あらば金儲けのネタをつかもうって、それぱっかり考えてるんだわ」

佐和子は、そんな曽根みたいな男を、どうして父は信頼しているのだろうと思った。しかし、曽根への不快感がつのるのと同時に、自分は本当に近いうちにパリに行くことになるかもしれないという気がしてきたのだった。しかも、それを、曽根は察知している。勘だと彼は言ったが、そんなに都合良く勘が働くものだろうか……。何か、彼には裏づけがあるのだ。だが、そう考えるのもおかしな話だ。祖父の日記の内容も、あの手紙のことも、いまのところ、私以外の人間は知らないのに。かりに、曽根の義弟である滝井茂之が、きょう訳した三通の手紙を曽根に見せたとしても、それでも合点がいかない。

佐和子は、だんだん薄気味が悪くなり、病院に着くまでに、何度かタクシーの中からうしろを振り返ったほどだった。

滝井は、ベッドで上半身を起こし、黄色く変色した、ところどころ破れかけている手紙を見ながら、ノートにボールペンを走らせていた。

「手紙を返して下さい」

佐和子は、滝井の横に行き、きつい目でいった。滝井は、短い悲鳴をあげ、それから、

「びっくりしたなァ。急に横で気持の悪い声がしたんで飛びあがりそうになっちゃった」

と驚きの表情で言った。

「手紙を返して下さい。訳していただいた分のお金は払います」

滝井はぽかんと佐和子を見つめ、

「どうしたんです？」

と訊いた。

「曽根さんに、手紙を見せたでしょう？」

「手紙の束は見せたけど、中身は見せてませんよ。他人の手紙を、勝手に見せるわけがないでしょう」

「でも、曽根さんは、手紙を読まなければ考えつかないようなことを私に言いましたわ」

「どんなことです？」

「私が近いうちにパリに行くことになるだろうって」

滝井は、ノートを閉じ、仏和辞典も閉じて苦笑した。

「彼は確かに、きょうメロンを持って、ここに来ましたけど、どうだい、ちゃんと訳せそうかって訊いただけで、手紙の内容なんか、ひとことも質問しませんでしたよ。ぼくは、三通訳した、字が読みにくくて訳しづらいよって言っただけです。あの男は、ほんとに凄く勘がいいんです。大仕事に役立つ勘じゃなくて、たとえば、他人の財布の中身だとか、知り合いの夫婦仲だとか、他人の浮気の進行状況だとか、その程度のことですけど。ああ、それに金儲けに関する勘も、たいしたものです」

そう言ったあと、滝井は消灯時間を気にしたらしく、小さな置き時計を見、佐和子に椅子を勧《すす》め、

「いま八通目を訳してたんですが、他人のプライバシーが気になって仕方がないという、ほとんど病気みたいな兄貴の勘は、当たりそうな気がしますね」

と声をひそめて言った。

「日付の順に訳してるんですが、最初の四通は、みんなローリーという女性からのものです。一ヵ月に一度、ユースケ・タヌマに宛てて書いてます。彼女は妊娠してて、お腹の子の父親はユースケ・タヌマです。自分の体調も、お腹の子供も極めて順調で、つわりも軽い。赤ん坊が生まれたら、いっときも早く日本へ行きたい。ほとんど、そんな内容で、あとは母親の仕事のことだとか、従業員の誰それが結婚したとか、友だちが自動車を買ったとか、そんなことが書いてあるんです」

滝井は、これまで訳した七通の手紙を日付の順に佐和子に見せ、

「ねっ。四通目の手紙は、一九二三年の三月二十三日に書かれてるでしょう?」

と言った。佐和子は、ほとんど茶色に変色したローリーの筆跡に見入った。

「だけど」

と滝井は言って、五通目の手紙を佐和子に手渡した。それはタイプで打たれてあっ

た。

「その手紙は、六月六日付です。ローリーの母親からの手紙で、死産で、お産の翌日にローリーも死んだということを伝えてます」

滝井は、枕の横に置いてあるノートを佐和子に渡し、とりあえず七通分、訳した文章を読むようにと言った。

第四章　一九二三年

帰りのタクシーの中でも、マンションに帰り着いてからも、佐和子は、七通の手紙が訳されているというノートを閉じたままだった。

死産で、そのうえローリーまでが死んだということに、なかば茫然としていたのと、もしノートを開いたら、結局は七通の文面をすべて読んでしまうはめになり、その結果として、今夜も寝つくのに苦労するだろうと考えたからである。佐和子は、何をさておいても、ぐっすり眠りたかったのである。

電話で起こされるのは、もうご免こうむりたかったので、佐和子はまず電話機を二枚の座蒲団でくるみ、それから浴室に行くと、髪を洗い、シャワーを浴びた。パジャマに着替え、髪をドライヤーで乾かしていると、しきりに欠伸《あくび》が出て、頭がぼうっとし、ほんのかすかな耳鳴りまで聞こえた。

髪を乾かし終えて、ドライヤーのスウィッチを切ると、ほんのひととき、たとえようのない静寂が部屋を満たし、耳鳴りの音は、佐和子が生まれて初めて感じる行き場のないような寂しい静謐《せいひつ》から気を紛らわせてくれる不快な雑音となった。佐和子の心に〈人生〉という言葉がぽつんと置かれた。

この、ありきたりな、使い古されて、陳腐な二文字……。そのくせ、誰も、そこから外れて生きることの出来ない空間とも時間ともつかない世界……。私は、これまでついぞ〈人生〉について考えてみたことなどない。それが、私の最も大きな欠陥だ。私は貧乏も重い病気も味わったことはないし、両親の仲は円満で、兄姉たちにも、とりたてて不幸な事態は起こらなかった。けれども、それでもなお、私は幸福ではない。不幸とは決して言えないが、幸福ではない。きっと、私の人生が、とても小さいからだ。それにしても、人生の大きさ小ささとは何だろう。なにも波瀾万丈な人生が、大きいとは言えないに違いない。

そう、私は結婚してすぐに離婚した。それはやはり不幸と呼べるものだろう。そして私は、まだ立ち直っていない。あの、石とコンニャクで出来たような男の妻として、たとえ一年間にせよ暮らしたことは、どうにも消せないシミとして、私の人生に残るだろう。

だけど、と佐和子は思った。船で何十日もかけなければヨーロッパへ行けなかった時代に単身で渡仏し、そこで事業の地固めに奔走し、ローリーというフランス人の娘と愛し合って婚約し、彼女と彼女のお腹に宿った子供を日本でひたすら待ちつづけた祖父にとって、二人の死を報《しら》せる手紙は、どのような衝撃と苦悩と混乱をもたらしたことだろう。〈筆舌に尽くしがたい〉とは、たぶんそんなときに使う言葉だ。私の離婚の苦しみなんて、出会いがしらに壁とぶつかって、おでこにコブが出来た程度のものではないか。なぜなら、私は夫を愛してなんかいなかったのだから。

この深い人生の中に入っていこう。佐和子はそう思い、滝井から渡されたノートを持って、寝室へ入った。彼女は、クーラーをゆるめにセットし、ベッドに坐って、幾分身構えるような心持ちでノートを開いた。

愛するユースケへ

日本へ帰る船の中で書いて下さった手紙を、きのう受け取りました。ボンベイの港から出したのですね。いま、ユースケは、どのあたりにいるのかと、手紙を読み終ってから、地球儀を捜しました。地球儀は、死んだ父がベルリンで買った革製の変わったもので、とても古くて、母の寝室に置いてありました。父が生きていたころに使っていたものは、すべて手をつけず、父の書斎に置いたままなのですが、地球儀だけは、母が自分の寝室に移したのです。私に内緒で……。

この地球儀は、父の友人が作ったそうで、皮に描かれている幾つかの国々や島や海は、みなその人の手描きです。地球儀を見ていると、インド洋を少し北東に行ったあたりに、ユースケの乗った船が、日本に向けて航行しているような気がしました。

私は、五日前、病院に行き、定期的な診断を受けました。尿の検査も異状はなく、私たちの子供も元気だと、お医者さまは言いました。病院への送り迎えは、アヌークと、彼女の弟がしてくれました。アヌークを知っているでしょう？　いつもあのカフェテラスで、何人もの男性に取り囲まれていた美人。大きな薬品会社の社長の娘。あのアヌーク・キャメロンです。

アヌークは何でも変わったことが好きなので、私が日本人と結婚し、再来年には日本へ行ってしまうことに大騒ぎをしています。だから、急に私に親切になり、買ったばかりの車で、私を病院に連れて行ってくれたのです。ブガチの新車で、最高時速百二十キロも出るのです。でも、アヌークは、私のお腹の中の子供のために、四十キロ以上は出しませんでした。アヌークに、ブガチの新車をプレゼントしたのは、クロード・アスムッセンです。アヌークは、来年の三月にクロードと結婚することが決まりました。驚いたでしょう? アヌークが、まさかクロードと結婚するなんて。だって、ユースケも知っているとおり、クロードには十二歳の息子がいるんですもの。

私たちとクロード・アスムッセンとは、もう十五年も前から、家族ぐるみのおつきあいでしたから、母は、クロードがアヌークと再婚することに腹を立てています。母は、アヌークを、陰で(脳たりんの尻軽女)と呼んでいたのです。でも、クロードの息子のアンドレは、アヌークが自分の新しい母になることを、とても歓《よろこ》んでいると聞きました。

私と私たちの子供は、とても元気です。どうか安心して下さい。一日も早く逢いたくて、ときどき泣いています。

あなたのローリーより

一九二二年十二月二日

最愛のユースケへ

無事に日本に到着したのですね。大きな嵐にも遭わず、ユースケの国に帰り着いたのですね。私は手紙を受け取ると、すぐに主に感謝の祈りを捧げました。それから、ユースケのご両親が、私たちの結婚を許して下さったことにも、深い深い感謝の祈りを捧げました。ああ、どんなに感謝しても、まだ足りないくらいです。母にも、ユースケからの、私たちには珍しい日本の切手が貼られた手紙を見せました。母は私に、もう一度感謝の祈りを捧げるようにと言い、一緒に祈りました。母は、私が日本へ行くための、思いつくかぎりの準備を始めました。でも、始めたくせに、どんなものを持って行けばいいのかわからなくなり、日本大使館のムッシュー・イオカに相談することにしたのです。いま、母は、ムッシュー・イオカに逢うため、出掛けたところです。次の手紙で、私が日本で生活するために必要だと思われるすべてのものを書いて下さい。

今月の定期検査も、まったく異状がありませんでした。でも、なんだかときどき不安になるのです。漠然としていて、とりとめのない不安……。私と私たちの子供は、本当に日本へ行くことが出来るのかしら、とか、日本に着いた私と私たちの子供は、日本という国にちゃんと受け容れられて、生活出来るのだろうか、とか……。

パリは寒くて、日の当たらない道には氷が張っています。母は、温かくなるまで、アスリーヌ社がつかっている果樹園があるソーミュールに行くよう勧めます。あそこは、父が愛した煉瓦造りのこぢんまりとした家があり、苺畑の周りには、父の時代からずっと勤めている果物を作る名人たちが、それぞれの家族と暮らしていて、春が来るのもとても早いのです。近くには、アスムッセンさんの果樹園もあります。

たぶん、私は少しパリを離れ、ソーミュールのいなかですごすことになるでしょう。果樹園の責任者は、ジャック・レローという、あきれかえるほどの楽天主義者ですが、そのジャックの末の娘が、パリの倉庫番のピエールと婚約したので、そのお祝いのパーティーを二月三日にソーミュールですることになっています。きっとそのころ、私はソーミュールに行って、そのまま五月ごろまで滞在することになりそうです。

ユースケは、日本に帰って、これからとても忙しくなるでしょうね。パリの冬と、東京の冬とでは、どちらが寒いのですか？　東京には雪は降るのですか？

ユースケの仕事がうまくいきますように。そして、ユースケが健康でありますように。

あなたのローリーより
一九二三年一月二十五日

愛するユースケへ

パリに届いたユースケからの手紙は、クロードとアヌークが、ブガチの新車に乗ってソーミュールの私のもとに持って来てくれました。きょうのソーミュールは、とても風が強く、ジャックの家族は、苺畑の横の木の小屋で、ずっと寝ずの番をしています。こんな風が吹いたあと、急に冷え込んで、霜が降りることがあるからです。もし温度が下がったら、苺畑全部に藁《わら》をかぶせなければならないのです。

私の部屋から、ジャック一家のいる小屋の明かりが見えています。その向こうの丘に、果樹園で働く人たちの家が並んでいて、風の音は、そのあたりから響いてきます。

学校は冬休みなので、クロードの息子のアンドレは、十日前に、果樹園に隣接したアスムッセン家の別荘に、メイドと二人でやって来ました。アンドレは、まだ十二歳なのに、世界地図を正確に描けるし、女の子の気の魅《ひ》き方も凄腕で、もうダンテを読んでいます。私は、アンドレが、二種類の世界地図を描いたので、びっくりしました。だって、ひとつは、私の家にしかないはずの、つまり世界でたったひとつしかないはずの、あの父が友人に作ってもらった旧式な地図だったんですもの。アンドレは、別荘の、父の寝室に、その地球儀があると言いました。しかも、革製で、手描きだと言うのです。私は、すぐに、その地球儀が、〈オレンジの壺〉と無関係ではないと気づきました。パリで何度も言ったように、私はユースケに、〈オレンジの壺〉と関係してほしくありません。私と私の子供が無事に日本に着いたら、〈オレンジの壺〉のことは忘れて下さい。母との約束など、私たちにはどうでもいいのですから。どんなにユースケに逢いたいか……。ユースケも、私に逢いたいでしょう？　次の手紙では、もう少したくさん、私への愛情の言葉を書いて下さいね。私は、とても元気です。

少し機嫌の悪いローリーより

一九二三年二月二十二日

愛するユースケへ

あんなにたくさん〈愛している〉なんて書かなくてもいいわ。私のことを愛しているという言葉が、二十六回も書いてあったので、私は、その言葉が出てくるたびに笑って、お腹が痛くなりました。そう、ユースケは言葉の人ではなく、表情の人だったのですね。ユースケの黒い目は、いつも光り方が変化して、その変化の奥にある心を私が理解するよりも早く、それはまた変化してしまう。

毎晩、私はユースケの目と会話をしています。ユースケのあの黒い目で見つめられたいと、なんだか片想いに苦しむ女みたいに、ぼんやり苺畑を眺めています。

こんどの検査にも異状はありませんでした。きっと安産だろうとお医者さまは言ってくれました。でも、不安ばかりが強くなって、悪いことを想像してしまうのです。果樹園の、私を生まれたときから知っている奥さんたちも、母も、初めて子供を産む女はみんな不安なものだと励ましてくれます。

きっと、傍にユースケがいないからです。それに、このソーミュールのいなかの夜は、少し私には寂しすぎるのかもしれません。

先日、クロードが、真剣な顔つきで、世界は恐ろしい方向へと動きだしていると言いました。彼は、ヨーロッパのあちこちに、特殊な情報網を持っていて、新聞では報道されないニュースをつかんでいます。彼は、東アジアの動きにも詳しい様子でした。私のために、情報の網を拡げたのだと冗談めかして言いましたが、その笑い方はとても固くて、食事の席がきまずくなったくらいでした。

日本は中国に侵略する勢力を少しずつ拡大し、ヨーロッパ諸国の警告を無視して、無謀な計算のもとに兵力を注入しているらしい。クロードはそう言いました。しかし、クロードの最も大きな懸念は、ドイツの右派勢力が、想像もつかない速度で力を持ち始めたことのようです。

ああ、こんな楽しくない話はやめましょう。私と私たちの子供のことを書くことにします。生まれてくる子供の名前は、どうするおつもり？　私は、ローリーヌ・タヌマになるのかしら。それとも、ローリーヌ・アスリーヌ・タヌマ？　それとも、ユースケ・ローリーヌ・タヌマ？

生まれる子供には、フランス人の名前はつけてもいいのでしょう？　もし男の子なら、たとえばユースケという日本名の場合、ユースケ・フィリップ・タヌマとか……。でも、私は、フィリップという名は嫌い。子供のとき、いつも私に小石を投げた仕立て屋のデブが、フィリップという名だったから。

毎日毎日、カレンダーを見て、日本に行く日を夢見ています。ユースケは、どんな顔をして、船から降りてくる私と私たちの子供を抱きしめるでしょう。その幸福な瞬間が、一日も早く訪れますように。

おへそが少し出てきたあなたのローリーより

一九二三年三月二十三日

親愛なるユースケ・タヌマへ

突然の、あまりにも不幸すぎる私からの電報ののちの、あなたからの電報を、ついさっき受け取りました。

自分がパリへ到着するまで、ローリーと、生まれたばかりの娘の遺体を埋葬しないでほしいというあなたの当然の望みを叶えるため、私は全力を尽くしましたが、市の条例によって、それは不可能となりました。私は、最愛の、たったひとりの娘と孫の遺体を、夫が埋葬されている教会墓地に、あしたの夕刻五時までに埋葬しなければなりません。

私はこの手紙をペンで書くつもりでしたが、神経がどうかなってしまったのか、大きすぎるか小さすぎるかの字しか書けないのです。私は、もう六十時間、眠っていません。ですが、眠らないことがいったい何でしょう。

ローリーが入院したのは、予定より五日早い、六月一日でした。妊婦にありがちな足のむくみも、十月《とつき》に入るとおさまり、あとは無事な出産を待つばかりでした。入院して二日後の、六月三日の早朝に陣痛が始まり、医者（この経験だけが自慢の、傲慢な無頓着者）は、私に、午後の二時くらいに孫の顔が見られるだろうと言いました。

アスリーヌ社のパリの倉庫には、シャンペンが並べられ、何人かの社員たちは、お祝いのパーティーの準備をして、待ちつづけたのです。けれども、午後二時がすぎても、五時になっても、夜の十時になっても、ローリーと、ローリーの子供は分娩室から出て来ませんでした。看護婦たちの出入りがあわただしくなり、その表情が険しくなったのは、六月三日が、もうあと二十分ほどで六月四日になるというころでした。私は、分娩室から聞こえてくるローリーの悲鳴や、彼女が私に助けを求める声に耐えられなくなり、分娩室に入れてくれるよう頼みました。なにか予想を超えた事態が発生したのだという不安は、すぐに確信に変わり、私は、制止する看護婦を振り切って、分娩室に入って行こうとしました。

逆子《さかご》ではないのだが、胎児の位置が悪いので、もう一時間以上も医者がローリーの腹部マッサージを行なっていると説明されたとき、輸血用の血液が運ばれてきました。

何もかも手遅れだったのです。死んで生まれてきた子供の首には、臍《へそ》の緒《お》が二重に巻きつき、ローリーの出血によるショックは、すでに彼女の心臓を、こわれて停まりかけている時計みたいにさせていました。輸血は二千ccにも及びましたが、ローリーは意識を回復しないまま、六月四日の午前二時二十分に死にました。

いま、私には、ここまでタイプを打つのがやっとなのですが、それでもタイプを打ちつづけましょう。

不幸が、いつも突然やってくることを、私たちは知っています。しかし、そんなことを知っていることが何の役に立つでしょう。私は、娘と孫を同時に喪《うしな》った母ではなく、妻と娘を一瞬にして喪った夫（それも、パリから遠く離れた日本の地で、気も狂わんばかりの慟哭《どうこく》の中にいる夫）に、何かを与える役割を果たさねばなりません。ですが、それがいったい何なのか、私にはわからないのです。無事な出産のために、ローリーとあなたとが一緒に日本へ行くことに難色を示し、それが裏目に出たとすれば、私は生涯に亘《わた》ってその罪を背負います。どうか、私を許して下さい。私は、お腹に子供のいるローリーに、いつ、どのような嵐に巻き込まれるかもしれない長い船旅をさせたくありませんでした。しかし、私が、遠くへ行ってしまうたったひとりの娘を、少しでも長く自分の近くに置いておきたかったこと、生まれてくる孫を抱きしめたかったことも事実なのです。

ふたりの葬儀が終われば、私は何日か喪に服し、ローリーがすごしたソーミュールへ行くつもりです。本当は、私はいますぐにも船に乗り、日本へ行ってあなたと逢わなければならないのですが、すべては、私の中で停まっていて、息をするのも苦しいほどです。ああ、パリと日本とは、なんと遠いことでしょうか。

一九二三年六月六日

ミレイユ・アスリーヌより

佐和子は、ノートをめくった。そこには、手紙がそのまま張りつけてあった。日本語による手紙だったので、訳す必要はなかったのである。達筆すぎる筆文字のために、佐和子には読みにくい箇所が幾つかあった。

前略

このたびのこと、どのような言葉を弄しても無意味だと重々承知しています。

思えば、五月十日に、貴殿の奥方をお見舞いしたのが最後となりました。いなかですごされたせいか、奥方は血色も良く、よく太って、とてもお元気でした。小生に、日本のことを幾つかご質問になり、小生も、近いうちに日本で再会することになるであろうことを報告し、楽しいひとときをすごしたのです。

貴殿の奥方と御息女の葬儀は、セント・シュロー教会で執り行なわれ、そのあと、教会に隣接する墓地に埋葬されました。奥方のお顔は安寧として苦悶の色はいささかもなく、生前の美しさをそのまま保ち、参列者の数名をして、「いまにも目をあけそうだ」とつぶやかせたほどです。

ご息女の棺《ひつぎ》は、奥方の棺と並んで安置されましたが、蓋は閉めたままで、お顔を見ることは出来ませんでした。死亡したのちに取りあげられ、死亡の直接の原因が、首に巻きついた臍の緒によるものだったため、そのお顔は、参列者の目に触れるに耐えられないとのことで、そのような措置がとられたのです。我が国においては、同様な状況の場合、嬰児《えいじ》のなきがらを、葬儀にあたってどのように扱うのか、小生には経験がなく、知識も持ち合わせてはおりません。しかし、大使館に勤務するフランス人に訊いたところでは、そのような措置は不自然ではないとのことでした。つまり、出産時に死亡した赤ん坊の顔は、まだ人間として不完全なため、参列者の目に晒《さら》さない場合が多いというのです。

葬儀の日は、夏の太陽が照りつけているというのに、秋のような風が吹きそよいでいました。式は、セント・シュロー教会の司教によって厳《おごそ》かに進められました。

奥方の墓碑名は、ローリーヌ・アスリーヌ・タヌマ。御息女のそれは、マリー・アスリーヌ・タヌマです。奥方のお墓の左隣には、奥方の父上のお墓があります。墓地からはセーヌ河が眺望出来、プラタナスの巨木に囲まれて静謐です。

それにしても、御心中、察するに余りあり、小生すら茫然自失の状態で、おなぐさめする言葉はことごとく無力であると感じています。アスリーヌ夫人は、メイド以外とは誰とも面会せず、小生の訪問にも応じられませんでした。

急遽の渡仏に関して、小生に出来得ることは遅滞なく行なう所存です。ご出航の日取りが決定次第、お報せ下さい。なお、私事を申し述べて恐縮ですが、本国政府より帰国の命が下り、年が明けてすぐに、フランス郵船にて帰国いたします。委細は東京にて。

草々

大正十二年六月十日

井岡政一郎拝

親愛なるユースケ・タヌマへ

いま私はソーミュールに来ています。出産のために、寒いパリを避けて、ローリーが五月まで暮らした建物で、苺畑を眺めながら、死人のように生きています。

私は神を疑い、人間を疑い、運命にナイフを突き刺そうとして、そのたびに亡き夫の言葉を思い浮かべます。

〝目的地に辿《たど》り着かない道はない〟

本当にそうなのでしょうか。私たちの理想は正しいのでしょうか。私たちの理想とは、かけがえのないものの死体の転がっている道を行くことなのでしょうか。

あなたからのお手紙に、私は私に対する憎悪と病的な猜疑心を感じます。ですが、誰が、そんなあなたをいましめたり出来るでしょう。もし私があなただったとしたら、やはり同じことを考えるでしょう。とても困難でしょうが、一日も早くパリに来て、セント・シュロー教会の墓地に行かれることです。そうすれば、〝どこかに嘘があるような気がする〟というあなたの心も平穏を取り戻すでしょう。

セント・シュロー教会のサミュエリ神父に手紙を出しましたね？　神父はあなたからの手紙を私に見せてくれました。ムッシュー・イオカも、他の参列者も、ローリーのなきがらは目にしたが、マリーと名づけられた赤ん坊のなきがらを見た者はいない。あなたはそうお書きになっていました。

サミュエリ神父は、ためらったのちに、あなたの手紙を私に見せ、返事を出そうと思っていると言いました。近いうちに、サミュエリ神父からの手紙が届くと思います。

あなたは、もしかしたら、パリに来て、マリーのお墓を掘り返そうとするかもしれませんね。私は、あなたがそうしても、止めたりはしないでしょう。フランスの法律が、あなたにそれを許可すれば、私には異存はありません。あなたはマリーの父親です。一度も娘の顔を見ることが出来なかった父親です。ですが、冷静に考えてみて下さい。マリーの顔をついに見ることがなかったのは、あなただけでなく、ローリーもなのです。

私も、あなたとお逢いしたい気持でいっぱいです。アスリーヌ社の仕事なんか、もうどうでもいい……。そんな考えと、いや、立ち直って行かなければならないという心とが、まるで別々の部分で、酔っぱらいの踊りみたいに揺れています。そんな思いを、週末になるとやって来るルナール・レスコーに話し、アスリーヌ社をルナールにまかせて、自分は二、三年、ソーミュールで暮らしたいと伝えました。けれども、ルナールは、そんな私の考えに反対しました。仕事をしなければ、元気になれない。子供に先立たれたのは、あなただけではない。あの大戦で、愛する子供を喪った母親たちは、いったい何千人いると思うか。そう言われました。

こうやって、ソーミュールの、夫が愛した煉瓦造りの家で暮らしていると、ときおり、無意味な生も無意味な死も有り得ないという思いにとらわれます。もしかしたら、ローリーとマリーは未来の大きな不幸から守られたのではないだろうか。ローリーとマリーには、未来に大きな不幸が用意されていて、早すぎる死のお陰で、それを免れたのではないだろうか、などと考えてしまいます。

いつ、船に乗りますか？　マルセーユ港には、私が迎えに行きます。

一九二三年十月十五日

ミレイユ・アスリーヌより

親愛なるユースケ・タヌマへ

この手紙は、あなたが横浜港から船に乗るまでに届くでしょうか。あなたからの電報は、五日前に私のもとに届きました。航海が順調ならば、あなたは十二月三十日に、マルセーユ港に着くわけです。電報では、あなたが何日間パリに滞在するのかわかりません。間にあうかどうか心配しながら、この手紙を、ムッシュー・イオカのお友だちに託します。ムッシュー・イオカのお友だちは、特別な道順を辿って日本に帰国すると聞きました。船よりもはるかに早く日本に着く外交上の秘密ルートとのことです。その人は武官ですから、この手紙をあけて読むかもしれません。

私は、クリスマスをウィーンですごすことになりました。ウィーンには、私の妹夫婦がいて、私を誘ってくれたのです。妹夫婦は子だくさんで、私には三人の甥と四人の姪がいるのですよ。一番上は二十二歳、一番下は十歳で、七人とも、私が名づけ親です。一番上の、二十二歳の姪は、なぜかとてもローリーとよく似ていて、子供のころから、母親の手伝いをすすんでやる利発な娘でした。そのロミーという姪に子供が生まれたのです。ロミーは、ローリーと仲良しでした。なんだかローリーが子供を産んだような気がするくらいです。

自分の娘の死と、姪の出産は別のことですので、お祝いも兼ねて、クリスマスはウィーンですごすことに決めました。住所と電話番号は、この手紙の終わりに書いておきます。もし、私がマルセーユ港に行けなかったら、ルナール・レスコーが代わりに迎えに行きます。もし、あなたの乗った船が、予定より遅れて着いたら、パリで逢えるでしょう。

私は、自ら喪に服す時期を終えました。あの壺を捜すためにも、ウィーンに行くことにしたのです。それでは、パリかウィーンでお逢いしましょう。航海のご無事をお祈りしています。

一九二三年十二月一日
ミレイユ・アスリーヌより

八通の手紙を読んで、佐和子は、やはり祖父はパリへ行ったのかと思った。当たり前といえば当たり前のことだが、帰国して、それほど時を経たわけでもないのに、再び渡仏することは、経済的にも大変だったに違いない。しかし、何を振り捨てても、パリへ行かねばならなかった祖父の感情を、八通目の、アスリーヌ夫人の手紙は、どこかで冷たくあしらっているようにも思えた。佐和子の心にも、なにか割り切れない、不審なものが生じた。それはアスリーヌ夫人が祖父に書いた〈病的な猜疑心〉と同じものだったが、佐和子には、決して病的とは思えなかったのである。

佐和子は、翌日、午前中に銀行へ行き、二千万円の小切手を自分の口座へ入れると、マンションに帰って、部屋の掃除や洗濯をした。

妙に感情がたかぶっていて、マンションの前の道を走る車のクラクションに驚いたり、蒲団を干しているらしい隣の住人がベランダを歩く際のサンダルの音を不快に感じたりした。

いまから六十数年も前のことを詮索してみたところで何がどうなるわけでもないと思いながらも、佐和子の心は、一九二三年に起こった不幸な出来事にまつわる謎に向かって傾いていた。佐和子は掃除機のスウィッチを入れ、それを動かさずに同じ場所に置いたままひとりごとを言った。

「もし、ローリーは死んだけど、赤ん坊は無事に生まれてたとしたら、どうしてそれを隠さなきゃあいけなかったのかしら……」

ひとりごとを言うたびに、我に返って、佐和子は掃除機を動かし、やがて再び手を止め、ひとりごとを言う。そんな動作を何回も繰り返した。

「おじいさまの日記には、ローリーとの結婚をアスリーヌ夫人がやっと許してくれたってことは書いてあったけど、どこかの教会で式をあげたとか、婚姻届を出したなんてことは書いてなかったわ。それなのに、どうして、お墓にタヌマっていう姓を刻んだりするのかしら……」

「おかしいわよ。絶対、おかしいわよ。おじいさまが疑うのは当然よ」

「でも、赤ん坊が生きてたとしたら、教会もぐるになって、いんちきのお葬式をやったってことになるわ。教会が、そんなことをするかしら」

「おじいさまは、あんまり嬉しくて、結婚式をあげたこととか、婚姻届を出したことなんか、日記に書かなかったのかもしれないわね。だって、あの井岡っていう書記官からの手紙にも『貴殿の奥方』って書いてあったし……」

掃除機の音と、ひとりごとで、佐和子は玄関のチャイムが鳴っているのに長いこと気づかなかった。佐和子はそれに気づくと、急いでドアのところに行き、

「どなたさまですか？」

と訊いた。

「雨宮です」

ゴーキさんの声だった。佐和子は不審な思いで、ドアをあけた。茶色の格子柄の入った半袖シャツを着たゴーキさんが、片手に杖を、片手に包装紙に包まれた小さな箱を持って立っていた。

「すみません。掃除機をかけてたものですから、チャイムの音が聞こえなくて」

佐和子はそう言いながら、ゴーキさんのためにスリッパを揃えたが、いったい何の

用事なのだろうと思ったとたん、心臓の動きが速くなった。

「これはつまらないもんですが」

ゴーキさんは言って、片手に持った箱を佐和子に渡し、杖を傘立ての中に入れた。

「そうめんです。兵庫県にいる従弟が作ってましてね。毎年、夏になると、食べ切れないくらい送ってくれるんです」

佐和子は慌てて部屋を片づけ、ゴーキさんを居間のソファに案内した。ゴーキさんは、補聴器の調子を確かめてから、要件を切り出した。

「先代が、パリ時代の日記をあなたに遺したのはなぜだろうと、きのうずっと考えたんですが、思い当たるふしはひとつしかない。しかし、そのひとつが、非常に大切なんだってことに思い至りましてね。それで、お電話も差し上げずに突然お邪魔しました。私も歳だから、思い立ったら、実行しなきゃいかん」

何か冷たいものでもと思い、佐和子はソファから立ちあがりかけたが、ゴーキさんはそれを制して、

「先代は、ご自分のお孫さんたちについて、それぞれの性格なんかを、よく私に話されたもんです。どれも辛い点数で、まあとにかく、ろくなのがおらんとおっしゃっとりました。しかし、佐和子さんに対する評価は別でした。『あの子は優しい。口が重

くて黙っているが、優しい子だよ』ってね。お孫さんの中で、佐和子さんを一番高く買ってらした。だから、パリ時代の日記をあなたに遺したんでしょう」

そこで、ゴーキさんは一呼吸置き、

「日記には、アスリーヌ夫人のことや、ローリーヌさんのことや、マリーという赤ん坊について書かれてありましたか？」

と訊いた。やっぱり、ゴーキさんは知っていたのだ。そう思いながら、佐和子は、

「おじいさまの子供を宿したローリーヌをパリに残して自分だけ先に日本へ帰ることが決まったところで日記は終わってるんです。赤ん坊とローリーヌがどうなったかを知ったのは、私が祖父に届いたフランスからの手紙を読んでからです」

と答えた。ゴーキさんは何度も小さく頷き、

「佐和子さんは、どう思われましたか？　つまり、若き日の田沼祐介とローリーヌとのあいだに出来たマリーという赤ん坊は、お産のときに死んだと思いますか？」

と訊いた。佐和子は自分の考えを言おうとしたが、その前に、ゴーキさんは話しだしていた。

「私が、先代の命を受けて、真相を探るためにパリに行ったのは、第二次大戦が終わって五年後の、一九五〇年でした。もし生きているとしたら、二十七歳になっている

はずの、マリー・アスリーヌを捜すためです。しかし、アスリーヌ夫人は、大戦中に、ナチス・ゲシュタポによって、いったんフランスのドランシーにあるユダヤ人収容所に送られたあと、アウシュヴィッツに移送されて、そこで死にましたから、私はまず、アスリーヌ社の、かつての従業員たちを、ひとりひとり捜して歩きました。勿論、先代がノートに列記した、アスリーヌ家にゆかりの深い人たちや、親類縁者も含めて、捜し歩いたわけです」

ゴーキさんが少し咳込み、しきりに唇を舐めたので、佐和子は台所に行き、濃い紅茶をたてると、そこにたくさん氷を入れ、アイス・ティーを作った。マドラーで、紅茶とシロップを混ぜる手が震えて止まらなかった。

ゴーキさんは、礼を言って冷たい紅茶をひとくち飲み、

「ドランシー収容所に送られた人々の大半は死ななかったんですよ。死んだ人は、かぞえるほどだった。それも、ほとんど病死です。それなのに、アスリーヌ夫人がアウシュヴィッツに移送されたのには理由がある。ユダヤ人であることだけでなく〈オレンジの壺〉の最高リーダーだったからです。あなたが私に質問なさった、あの〈オレンジの壺〉ですよ」

けれども、この〈オレンジの壺〉が、いったい、いかなるものであったのかは、あ

とでご説明しましょう。ゴーキさんはそう言って、また冷たい紅茶を飲み、格子縞の胸ポケットから古ぼけた革表紙の薄い手帳を出した。

「アスリーヌ社の従業員の多くはユダヤ人とポーランド系の人たちでしたし、〈オレンジの壺〉のメンバーでもあったから、多くは収容所で死にましたし、かろうじて生き残った人も、第二次大戦後に次々と亡くなりました。私が、最初に見つけ出したのは、ルナール・レスコーという男です。この人は、アスリーヌ社の、パリの倉庫の責任者兼経理担当でした。私が逢ったのは」

手帳をくりながら、ゴーキさんは眼鏡をかけた。

「一九五〇年の五月六日です。レスコー氏は、モンパルナスに近いアパートに住んでいましたが、当時、すでに七十七歳で、人間としては、ほとんど廃人と言ってもいい状態だった。アスリーヌ夫人の悲惨な死や、第二次大戦中の、さまざまな出来事が、レスコー氏から正気を奪ったみたいです。彼は、その三年後に亡くなったんですが、ひとつだけ、私との会見の中で、印象に残る言葉をつぶやいた。『墓をあばけ。そうすれば、そこに罪の骨が埋められているのを見るだろう』ってね。それは、誰の墓か。マリーの墓かと私は訊いたんです。レスコー氏は、黙って首を振った。そして、泣きだした。それ以上の会見は無理でした。レスコー氏の体力は弱っていたし、精神も、どこまでが正常なのか判断出来なかった」

だが、このルナール・レスコーと逢ったことで、自分はマリーが生きているという感触を強めたのだとゴーキさんは言い、佐和子に、これからあげる人間の名を控えてもらいたいと言った。

「まず、アンドレ・アスムッセン。彼は、一九五〇年には三十九歳でした」

佐和子は、その名前に記憶があった。彼女は、ローリーヌからの手紙の文面を思い浮かべた。

「アスリーヌ家と昔から家族ぐるみのおつきあいをしてた人ですね。確か、別荘も、アスリーヌ社がつかっている果樹園の近くにある……」

「そうです。アンドレは、クロード・アスムッセンの息子です。彼は、ローリーヌが死んだとき、まだ十二歳でしたが、ローリーヌとは仲良しで、ローリーヌがいよいよ出産という日、パリのアスリーヌ社の倉庫で、パーティーの準備の手伝いをしてました。アンドレは、父親と仲が悪くて、第二次大戦が始まると、自分から軍隊に志願し、終戦時には陸軍大佐として三つ勲章を貰ってる。この男は、必ず真相を知ってるはずです。これは私の勘です。ですが、私はとうとう、アンドレ・アスムッセンと逢うことは出来ませんでした。一九五〇年にも、それから四年後にも、私はパリ、ウィーン、スイス、ローマと足を延ばし、アンドレを捜したが、行方をつかめませんでした。戦後、アル中になって、どこかの病院にいるとか、ポーランド人の人妻と恋愛をして、ワルシャワの郊外に駆け落ちしたあと、KGBの手先になったとか、とにかくいろんな噂を耳にしましたが、どれも真偽のほどはわからない。ただ、一九六五年に、私は相当信頼出来る情報をつかんだんです。アンドレはパリにいるって情報です」

佐和子は、ゴーキさんが手帳を指差す部分を書き写した。アンドレ・アスムッセンの一九六五年時における住所だった。

「もうひとりは、女性です。サラ・レロー。果樹園の責任者だったジャック・レローの姪にあたる女性で、一九二三年にはまだ生まれていなかった。この人は戦後、ジャーナリストとして、新聞のコラム記事を書いていた。そして、ある本を出版しようとしたんですが、何かの邪魔が入って、本を出せなくなった。これも噂ですが、彼女の原稿に書かれてある内容は、ナチスの追跡を逃れて、いかにしてスイスに脱出したかの記録らしい。しかも、この脱出行は、ある女性と一緒だったというんです。東洋の血の混じった女性とのね」

佐和子はゴーキさんを見つめた。

「私は、その女性こそが、先代の、田沼祐介氏の娘だと確信しています。しかし、出版されなかったサラ・レローの原稿が、その後どうなったのかはわかりません。これが、サラ・レローの住所です。彼女が健在なら、ことし六十歳になります」

そして、もしマリーが生きていたら、ことし六十五歳なのだなと佐和子は胸の中で計算した。

ゴーキさんは、何人もの人間の氏名や住所、それに電話を記載してある手帳を佐和子に見せた。赤のボールペンで消してある名前もあれば、ひとりの名前のあとに、幾つもの住所を書いては消し書いては消ししたあともあった。

「私、いま、祖父に届いた手紙を訳してもらってるんです。でも、きっと、そのほとんどは、ゴーキさんも目を通しているんですのね」

と佐和子は訊いた。

「ご息女の件について、私に明かされたあと、先代は、軽井沢に私を呼んで、届いた順に読んで下さいました」

「私は、まだ八通しか読んでいませんけど、それでも、何かおかしいぞっていう気はします」

「東洋の血……」

そう言ってから、やっと佐和子は、自分用に作ったアイス・ティーを口にし、ゴーキさんに話を聞けば、あのたくさんの手紙をすべて読む必要はないのだと考えた。

「祖父は、ローリーヌが亡くなったあと、パリへ行ったんでしょうか」

とゴーキさんに訊いた。

「ええ、勿論、行かれたそうです。セント・シュロー教会の墓地にも行き、サミュエリ神父とも逢い、ローリーヌさんが息を引き取った病院の医者からも話を聞いたっておっしゃってました。そのときは、やはり娘も死んだのだと納得したそうです。だから、二年後、ご両親の勧める女性と結婚した。それは、いっときも早く、ローリーヌと娘の死から立ち直りたかったという気持もあったとおっしゃってました。ところが、年月を経るたびに、釈然としないものが、だんだん大きくなってくる。もし、〈オレンジの壺〉と無関係なままでいられたら、どこか釈然としないものを残しながらも、先代は、ローリーヌさんとのあいだに出来た娘のことについて、再び真相を究明しようとはなさらなかったでしょう。私はそう思いますね」

ゴーキさんはそう言ってから、

「〈オレンジの壺〉とは何かをお話ししましょう」

と心なしか声をひそめた。

アスリーヌ社が設立されたのは、第一次世界大戦が勃発する十年前だったとゴーキさんは言い、何か考え事をしているみたいに、手帳を開いたり閉じたりした。

「歳を取ると、頭の中で物事を整理し、それを順序立てて言葉にするってことが出来なくなるんですな。いま、話の起点をどこにしようか考えてるとこです」

ゴーキさんはそう言って、何度か咳払いをした。そして、話し始めた。

「アスリーヌ夫人くらい、権力というものを徹底的に憎悪しつづけた女性は少ないだろう。それも、ただ憎んだだけじゃない。それに対して、彼女流の正義のしっぺ返しを、実際の行動として行なおうとした。その意志は、並ではなかった。それは一種狂的ですらあった……。先代は、そうおっしゃっていました。〈オレンジの壺〉は、そのための秘密組織の名称です。しかし、テロリストの組織ではありません。ある意味では、極めて穏健なやり方で、権力によって不当な弾圧を受けている人間たちを、その権力の手の届かない場所に逃がしてしまう組織でした。アスリーヌ夫人が〈オレンジの壺〉に賭けた情熱は、生半可な理想主義や博愛精神とは、かなり異なっていました。彼女は本気で〈オレンジの壺〉を世界組織に発展させようと奔走したんです」

このアスリーヌ夫人の無謀とも言える計画は、夫と弟の、牢獄での不審な死が引き金になっているらしいとゴーキさんは言った。

佐和子は、

「牢獄？　アスリーヌ夫人のご主人と弟は、牢獄で死んだんですか？」

と訊いた。ゴーキさんは頷き、

「夫も、自分の弟も、無実だったとだけ先代には繰り返し言ったそうです。どんな事件で、牢獄に放り込まれたのかは、アスリーヌ夫人は口にしなかったらしい。私も、あとで調べたのですが、第一次大戦と第二次大戦を経て、当時のことを覚えている人間はいなくなり、それに関する資料もありませんでした」

アスリーヌ夫人は、ローリーヌとの結婚を承諾し、アスリーヌ社の製品の販売権をも田沼祐介に渡したのだが、それには〈オレンジの壺〉の日本における組織作りという条件をつけたのである。田沼祐介は、ローリーヌとの結婚の承諾を得るために、しぶしぶ了承したが、それは口先だけの約束で、彼には本気で日本における組織作りに協力しようという意志はなかった。しかし、田沼祐介は〈オレンジの壺〉を甘く見ていたのである。

「ローリーヌと娘が死に、ご自分も、両親の勧める女性と結婚したとなれば、もうアスリーヌ夫人との約束は自然消滅したものとばかり思っていた。先代ならずとも、誰でもそう思って当然でしょう。ところが、〈オレンジの壺〉の組織作りを促す使者が、ある日の夕刻、田沼商事の事務所を訪れたそうです」

それは、紅茶の貿易代理人である英吉利印度《イギリスインド》会社の横浜支店長だった。アスリーヌ夫人との約束はどうなっているのか。約束が遂行されないのなら、紅茶もスコッチウイスキーも、我が社は田沼商事に渡すことは出来ない……。

「先代は、その男に言ったそうです。いまの日本の状態を正確に把握してもらいたい、と。軍部は、大戦の勝利で勢いを増し、言論の統制を強化している。ロシア革命以後、日本にも共産主義に傾倒する者が地下組織を作り始めた。憲兵隊は目を光らせ、特高は無実の人間をも牢獄に送っている。この軍国政治は、さらに拡大されていくだろう。そのような状況の中で〈オレンジの壺〉の組織作りを日本で行なうことは誠に危険であるし、ほとんど不可能だとも言える。私は、自分の事業を軌道に乗せることすらままならないのだ。〈オレンジの壺〉どころではない」

けれども、英吉利印度会社を通して輸入される紅茶とスコッチウィスキーが、いわば田沼商事のすべてでもあった。その輸入が停止されれば、田沼商事はたちどころに、その看板をおろさなければならない。

「先代は、いちおう自分の意見を述べたのです。相手も、日本の状況は充分に把握していると言ったあと、とりあえず、いつかなるときでも、上海の近くまで密航出来る船を調達してもらいたい。それを拒否するのなら、紅茶とスコッチウィスキーは、田沼商事には納品されないだろうと通告して帰って行ったそうです」

「それは、いつごろのことなんですか？」

と佐和子はゴーキさんに訊いた。

「昭和三年の五月だったとおっしゃってましたね」

「祖父は、どうしたんですか？」

「のらりくらりと誤魔化しつづけたそうです。船と船頭がなかなかみつからない。よほど金に困っている船頭でも、上海への密航船の舵を取ることには尻ごみする。もう少し待ってもらいたい。そう嘘をつきつづけて、様子を見ていたそうです。そうこうしているうちに、先代の中に疑念が生じた。アスリーヌ夫人や、〈オレンジの壺〉のメンバーのやり口は、その理念と矛盾しすぎているのではないか。いかにも正義を旗じるしにしてはいるが、その目的は、もっと別のところにあるのではないか」

それは、ゴーキさんの話を聞いている佐和子にも生じた疑念であった。権力を憎み、その弾圧に苦しむ人々を救うために、そんなにも大がかりな秘密組織を、身命を賭《と》して作ろうとするだろうか、と。アスリーヌ夫人が、夫や弟のことで、たとえどんなに権力への復讐心を抱いたとしても、彼女の発想は女性的ではないように思えたのである。

佐和子は、そんな自分の考えをゴーキさんに述べた。ゴーキさんは大きく頷き、

「そのとおりでしょうな。ヨーロッパの中では、そのような組織を作ることは可能でしょうし、アスリーヌ夫人が〈オレンジの壺〉によって、権力をだしぬいてみせようと考えるのも理解出来る。しかし、それを世界的な組織、つまり極東の日本にまで作ろうとするのは、度が過ぎている。まして、あの時代に、上海の近くまで、いついかなるときでも密航出来る船と船頭を用意するのは、少々いかがわしいわけです」

田沼祐介は、アスリーヌ夫人とも〈オレンジの壺〉とも無関係になりたかった。けれども、アスリーヌ夫人の使者と称する男の催促は、昭和五年に入ると、執拗で強硬になってきた。世界恐慌が始まり、日本軍の中国での動きがますます不穏になっていたころである。

「その使者は、業を煮やしたように、こう言ったそうです。あなたは何もわかっていないようだ。あなたは、アスリーヌ家とまったく無縁になったつもりだろうが、そうではない、とね。それは、いったいどういう意味か。先代は、妙な気味悪さを感じて訊いたそうです。使者は、何も言わず、薄笑いを浮かべつづけるだけでした」

田沼祐介は、世情を考え、一から出直そうと決めた。自分が苦労してやっとつかんだものは、たかが紅茶とスコッチウィスキーの販売権だけではないか。しかし、そのために喪《うしな》ったものは、あまりにも大きい。ローリーヌ、そして、マリーと名づけられた娘……。自分は、思いもよらない大きな哀しみを得るためにフランスに行き、持ち帰れたものといえば、紅茶とスコッチウィスキー、そして、〈オレンジの壺〉のしがらみだけだった。

ローリーヌと娘が死んだ時点で、自分は一から出直すべきだったのだ……。

「先代は、そう考えて、紅茶とスコッチウィスキーの販売権をあきらめる代わりに〈オレンジの壺〉とも手を切ろうと決心されました。そう伝えると、使者はこう言った。『息子は戦争で死んだものとばかり思い、葬式も済ませたのに、ある日、息子が元気な姿で帰ってきた。よろこびも束の間、その息子が事故で本当に死んでしまった。親は、一度で済む悲しみを二度味わったということになる』ってね」

「それは、マリーが生きているぞっていう意味だわ。きっとそうですわ」

佐和子は、ゴーキさんに言った。怒りとも哀しみともつかない感情が、ふいに噴きあがってきて、佐和子の声は、途中でふさがれたようになっていた。

「先代も、そう思われたのです」

ゴーキさんは、紅茶のなくなったグラスを口に運び、小さく溶けた氷のかけらを噛んだ。

「しかし、使者はそれっきり田沼商事にこなくなりました。彼はイギリスに帰ったのです。しかも、一切、連絡は途絶えてしまいます。ですが、紅茶とスコッチウィスキーは、田沼商事宛に横浜港に着く。英吉利印度会社からではなく、インドに事務所を持つヤコブ・ギブソン社という会社からです」

ゴーキさんは、喋り疲れたのか、そこで話をいったん中断し、大きな溜息をつくと、煙草を出した。

「一服させていただいてもよろしいかな。一日に三本だけ煙草を吸うことにしておりまして」

佐和子は、自分の住まいに灰皿がひとつもないことに気づいた。夫と別れて以来、親兄姉以外の来客はなかった。父も兄たちも、みな煙草を吸わないので、来客用の灰皿を買うのを忘れていたのだった。

台所に行き、何か灰皿の代わりになるものはないかと捜したが、適当なものがみつからなかった。それで、佐和子は、コーヒーカップの皿を持って、居間に戻った。

「すみません、灰皿がないものですから」

「いやいや、こんなきれいな皿に灰を捨てるのは、気がひけますな」

ゴーキさんは、何度か咳込みながらも、フィルターの近くまで煙草を消さなかった。

「咳は、煙草のせいじゃありませんの？」

「一日に三本ぐらい、どうってことありませんよ。医者は一日に五本までならいいって言ったのに、女房が二本減らしやがった」

佐和子は、どうしても釈然としないまま、日記や手紙に心を奪われて、放念していた疑問を、ゴーキさんに尋ねてみた。

「こんな大事なことを、祖父は、どうして、自分の息子に明かさなかったんでしょう。自分の妻には言いにくいかもしれないけれど、もう、会社の跡を継ぐまでに育った息子には、打ち明けてもいいんじゃないでしょうか」

ゴーキさんは、ちらっと佐和子を見てから、天井に視線を移し、長いこと黙っていた。

「いくら、私のことを評価してくれていたとしても、私に日記を遺すのは、おかしいですわ。だって、私が読む気にならなかったら、ローリーヌのことも、ローリーヌとのあいだに出来た子供のことも、永久に消えてしまうんですもの」

「永久に消えてしまえばいいというお気持と、いや、消してしまうわけにはいかないという、ふたつのお気持がせめぎ合ってたんじゃないですかねェ。先代にとっては、それだけ謎めいた別れでもあり、謎めいた哀しみでもあったんでしょう。私には、そういう言い方しか出来ません」

そして、時代は迷走していったのだと言った。

「昭和六年には、満州事変が起こりました。その前の年に、ヨーロッパではヒトラーの率いるナチス党が選挙で六百万票以上を取って、ドイツ第二党に急進した。それでも、第二次世界大戦が起こることを予見した人々は少なかったのです。先代は、政治家でもなければ、勿論、軍人でもない。ですが、世界を巻き込む、とんでもない戦争が、近いうちに勃発すると予見していました。そんな先代にとって、〈オレンジの壺〉は、ある大きな意味を持ち始めます。ひょっとしたら、アスリーヌ夫人もまた、第二次世界大戦を予見しているのではないだろうか。彼女にとって、〈オレンジの壺〉は、単なる理想ではなく、多くの友人を救う最後の砦になるのではないか。そんなふうに考えるようになったとおっしゃっていました」

「祖父は、いつごろ、〈オレンジの壺〉に対して、そんな考え方をするようになったんですか？」

と佐和子は訊いた。

「昭和八年に、日本が国際連盟を脱退したころだそうです。そのころ、ひんぱんに、アスリーヌ夫人との手紙のやりとりがありました。マリーは生きているのではないか……。先代は、しつこいほど、繰り返し繰り返し、アスリーヌ夫人への手紙にそう書きつづけたそうです」

「アスリーヌ夫人からの返事には、どんなことが書かれていたのでしょう」

「先代の質問には答えず〈オレンジの壺〉は、日本では育たないかもしれないが、自分は、死んだマリーのためにも、強固な組織を作るつもりだし、それは着々と進んでいる……。馬鹿のひとつ覚えみたいに、そう書かれてあったそうです」

「死んだマリーのために？」

佐和子は、ゴーキさんの話を聞いたあとでは、もはや無用の物だと思っていた祖父への手紙を、やはりすべて訳したほうがいいと考えた。

「結局〈オレンジの壺〉は、どうなったんですか？」

佐和子は気負い込んで訊いた。

「第二次大戦中、多くのユダヤ人やポーランド系の人間を、ナチスの手から逃がしたようです。それは、アスリーヌ夫人が望んでいたほどには、強固な組織にはならなかったようですが、それでも、幾人かのユダヤ人を救ったことは間違いありません」

ゴーキさんは、そう言ったあと、

「たぶん、マリーの命をもです」

とつけくわえた。

ゴーキさんは、結局のところ、マリーがお産のときに死んではいなかったことを確信しているのだ。そして、それは、祖父も同じだったのだ。佐和子はそう思って、ゴーキさんの口元を見た。

「アスリーヌ夫人は不思議な女性だったな、というのが私の感想です。私は、ある意味で、マリーさんと名づけられた赤ん坊の亡霊を追いかけていたようなもんだが、私の行くところ行くところに、アスリーヌ夫人の存在の跡がちらつきました。しかし、私はついにわからなかった。アスリーヌ夫人が、その人生を賭《と》してまで作りあげようとしたものの正体を、私はついにつかまえることが出来ませんでした。つまり、〈オレンジの壺〉におけるアスリーヌ夫人の本意をね」

「本意？」

と佐和子は首をかしげて訊き返した。

「ええ、私には、〈オレンジの壺〉っていうのは、何かの隠れミノだったような気がするんです。権力に虐《しいた》げられた人々を自由の天地に逃亡させる組織は表向きで、その裏で、もっと大きな目的を隠していたような気がします。そうでなきゃあ、アスリーヌ夫人の行動は説明がつかないんです。マリーまでも死んだという嘘をつくために、彼女は、おそらく多くの罪をひとりで背負ったはずです。しかし、彼女は、そんな血も涙もない女ではありませんでした」

ゴーキさんは、手帳をテーブルに置き、もし興味があるならば、これを差し上げましょうと言った。

「アスリーヌ夫人もアウシュヴィッツで死んだ。先代も亡くなられた。私もそろそろ幕が降り始めている。夢みたいでしたね。私の生きた時代は、夢みたいだった。まぎれもなく歪んだ時代でした。しかし、その歪みが、まっすぐ高く跳ぶために屈《かが》んだのだという時代であってもらいたいものです」

自分の知っていることは、すべてこの手帳に書いてある。だが、そのままどこかに捨ててしまおうとも、あるいは、さらに何かを調べるための資料に使おうとも、それはあなたのお心のままに。ゴーキさんはそう言って帰って行った。

祖父の娘・マリー・アスリーヌ・タヌマは生きている。佐和子は、ゴーキさんが置いていった革表紙の手帳を見つめながら、胸の中でそう言った。ゴーキさんは、マリーをついにみつけ出せなかった。多くの人の証言も、マリーは死んだことになっている。だが、マリーは生きているのだ。ナチス・ゲシュタポの追跡から逃れて、スイスへ行ったのだ。お産の際、母親とともに死んだことにされたまま育ち、おそらく二十一、二歳の娘に成長したマリーは、大戦の混乱の中で、〈オレンジの壺〉の組織によってスイスへ脱出したのだ。

「マリーと私とは、どんな親戚関係なのかしら。おじいさまの娘ということは、私のお父さんの腹ちがいの姉ってことよね。つまり、……私の伯母さんなんだ」

佐和子は、何かに衝《つ》き動かされるように、部屋の中を歩き廻った。自分の父が日本人であることをマリーが知らないはずはない。マリーは、見たこともない父親に対して、いかなる感情を抱いて成長したのであろう。もしかしたら、アスリーヌ夫人が祖父を騙《だま》したのと同じように、父親は死んだと騙されて育ったのではあるまいか……。

佐和子の心は、次第に固まりつつあった。彼女は、部屋の中をあっちこっちと歩き廻りながら、

「おじいさま、私がマリーを捜し出してあげる」

と声に出して言った。言ったあとは、しばらくぼんやりと真夏の日差しに照らされた小さなベランダを見つめた。事はそんなに容易ではない。あのゴーキさんが、ヨー

ロッパ中を捜し歩いても、わずかな手がかりしか得られなかった。しかも、ゴーキさんがマリーの生存を確かめるために幾人かの人間と逢ったのは、第二次大戦が終わった五年後から一九五五年あたりまでだ。当時においても、アスリーヌ家とゆかりのある人々は少なかった。もういまとなっては、アスリーヌ夫人と直接かかわりのあった人間はひとりもいないだろう。そんな状況で、どうやってマリーを捜したらいいのだろう。

「それに、私、何のために、マリーを捜し出すのかしら」

ふいに力が抜けて、佐和子はソファに坐った。

「寝る。私、寝る。もう何があっても、昼寝をする。すごい寝不足で、何も考えつかないわ」

掃除も半分しか片づけていなかったが、精も根も尽きたような気になって、佐和子は、クーラーを軽くつけ、窓という窓のカーテンをしめると、電話機に座蒲団だとかクッションだとかを巻きつけ、ベッドにもぐり込んだ。

体のある部分は冷たいのに、別のある部分はひどく熱いという不快感で目を醒まし、ああ、こんなに体がだるくなるのだったら、昼寝なんかするんじゃなかったと思いながら、ベランダのカーテンをあけると、街は西陽に覆われていた。ビルや家の影だけが黒く、その他の物はすべて朱色だった。

東京の真夏で、こんなにも鮮かな夕日を見たのは久しぶりだった。何かの具合で、空気がきれいな状態になっているのであろう。佐和子はそう思いながら、長いこと、大都会を染める夕日に見入ったが、そのうち、ふと別れた夫について思いをめぐらせた。

男性として、どこかで懸命に虚勢を張りつづけていた人であったような気がした。縁がなかったと言ってしまえばそれまでだが、自分は最初から、あの人のいいところをみつけようとはせず、目につくあらばかりにこだわって、その欠点に無意識のうちに冷たい視線をおくっていたのではあるまいか。火のような愛情と、水のような愛情があるとすれば、自分たちは出発の時点から、すでに水の愛情を育てる心構えが必要だったのだ。水のような愛情に裏打ちされていなければ、夫婦の長い歴史を刻めはしない。

私は、本当に、夫が言ったように、人間としてひとかけらの魅力もない、面白くも何ともない、石みたいな妻だったのだろう。

佐和子は、祖父が佐和子を評してゴーキさんに言ったという「あの子は優しい。口が重くて黙っているが、優しい子だよ」の言葉がもたらしてくる重く温かい感情にひたった。

自分をそのように評価してくれた人がいた……。その人はとても身近なところで、眼光鋭い寡黙な、私にとっては、寄りつきがたい、怖い祖父として存在していたが、何も言わずとも、私をそんなふうに思っていてくれた。

私を、無言のうちに大きく愛していてくれた人は、青年のとき、ひとりでパリで暮らし、フランス人の女を愛し、そして子供とともに先立たれたのだ。しかも、愛する妻と子の死に立ち会うことは出来なかった。だが、娘は生きていると信じつづけ、それを最も信頼するひとりの部下に打ち明けただけで、心にしまったまま生を終えた。祖父は晩年、その心の中に二十一歳で死んだローリーと、生きていれば、とうに母の年齢を超えているマリーの姿を描いていたことだろう。

――私の生きた時代は、夢みたいだった。まぎれもなく歪んだ時代でした。しかし、その歪みが、まっすぐ高く跳ぶために屈んだのだという時代であってもらいたいものです――。

雨宮豪紀の言葉は、次第に大きな意味を持って佐和子の中で膨らみ始めた。戦争というものが生みだす無尽蔵な不幸。戦争を操る権力のエゴイズム。その権力のエゴイズムの犠牲にされる名もない民衆。

そんなことを考えているうちに、佐和子は、マリーをみつけださなければならないと、ひどく昂揚した心で思った。マリーは、真実を知らなければならない、と。

だが、佐和子は、パリへ行って、どう行動したらいいのか、皆目見当がつかなかった。佐和子は滝井の風貌を思い描いた。いまのところ、滝井以外に、相談相手はいなかったのである。

彼女は夕食を済ませると、滝井が入院している病院へ向かった。タクシーの中で、ゴーキさんから聞いた話を手帳にまとめた。

「そんなにしょっちゅう来られたら、プレッシャーがかかっちゃうなァ」

無精髭を撫でながら、滝井は言った。

「でも、不謹慎な言い方かもしれないけど、あの手紙を訳していると、とても面白いですよ。ぼくは、マリーは死んではいないって気がしますね」

ギプスと皮膚のあいだに細長い棒を入れて、痒《かゆ》いところを掻きながら、

「ギプスが、こんなに辛いものだなんて思わなかったよ」

と滝井は言った。佐和子は、ゴーキさんから聞いた話を、出来るだけ正確に話して聞かせ、

「私、パリへ行こうと思うんです。でも、私はフランス語なんて喋れないし……。そ

れで、滝井さんに手伝っていただけないかと思って」

と言った。

「手伝う？　何をです？」

「マリー・アスリーヌ・タヌマをみつけだすんです。生きていればことし六十五歳ですわ」

滝井は、足の向こう脛《ずね》を掻いた棒で、こんどは背中を掻きながら、佐和子に見入り、

「パリへ行っても無駄骨かもしれませんよ。もしかしたら、ヨーロッパ中をあっちへ行ったりこっちへ行ったりするはめになるかもしれない。だって、マリーが生きていると思うのは、あくまで状況判断であって、確たる証拠はないわけですからね」

「マリーが、お産のときに母親と一緒に死んだということが本当だとわかっても、それはそれでいいんです。それですべては終わりますもの」

「マリーが生きていて、もしみつけだすことが出来たら、あなたはどうするんです？」

と滝井は、背中を掻くことをやめ、火のついていない煙草を指に挟んだまま訊いた。

「マリーの父が、どんな人で、どんな人生をおくり、いつ、何歳で亡くなったかを伝えるんです」

佐和子は、躊躇なく答えた。自分の精神的な領域に及ぶ質問に対して、躊躇なく答えられたのは、佐和子には初めてのことであるように思えた。

「それだけ？」

と滝井は、どことなく微笑らしきものを浮かべて訊いた。

「それだけです。だって、マリーは、それを知る権利がありますもの。権利というよりも、つまり……、知るべきだと思うんです」

「徒労かもしれませんよ。そのために、たくさんの費用を浪費するはめになる公算は大ですよ。結局、マリーがお産のときに死んだという確証も得られず、そのうえ、生きているのかどうかもわからない……。もうひとつ、その雨宮という人がヨーロッパ中を捜し歩いたときから約三十年以上がたっている。そのあいだに、マリーは死んだということも有り得るんです」

「本当のことがわかれば、それでいいんです。もし、わからなくても、それはそれでいいと思います」

滝井は煙草に火をつけ、それをせわしげにくゆらせて考え込んでいたが、やがて、

「ギプスを外しても、リハビリがあるんですよ。早くて三週間、遅い場合だと一ヵ月はかかるらしい。ぼくは、そのあいだに、手紙を訳しますよ。思わぬ手がかりがみつかるかもしれない。あなたが、そのあいだに気が変わらなかったら、お手伝いしましょう」

と言った。

「私、気が変わったりしないと思います」

「いや、女の移り気には、もううんざりしてます」

そう言って、滝井は苦笑したあと、

「これは、国によって違うでしょうけど、パリにいたころ、友だちの奥さんがお産で死んだんです。早産でしたから子供も助かりませんでした。そのお葬式に、ぼくも参列したんだけど、棺はひとつでした。つまり、母と赤ん坊は、同じ棺に入れられるんです。どちらもお産で死んだ場合にはね。それが定められた風習なのかどうかを、フランス人の友だちに訊いてみます。ローリーとマリーとは、別々の棺に入れられてたんですからね」

佐和子が帰ろうとすると、滝井が呼び停めた。

「そのゴーキさんの手帳をお借り出来ますか？　手紙を訳しながら、ゴーキさんの手帳と照らし合わせて、ぼくなりの青写真を作ってみますよ」

「青写真？」

「ええ、どんな手順でマリーについて調べればいいのかの青写真です。一番最初に誰に逢うべきか。どこから手をつけたらいいのか。それが駄目だったら次の手はどうするか……。あてずっぽうにパリをうろうろしたって仕方がないでしょう」

佐和子は、まだ中身にちゃんと目を通していないゴーキさんの手帳を、滝井に手渡した。そして訊いた。

「リハビリが順調にいけば、いつ日本を発てますかしら」

「九月の初めってところでしょうね」

佐和子は、病院を出、タクシーを捜して歩きながら、今夜、箱根の父に電話をして、日記のことも、手紙のことも、ゴーキさんの話も、すべて伝えようと決めた。

第五章　シェラミ・ホテル

旧式のエレヴェーターの音がうるさくて、佐和子は夜中に何度も目を醒ました。〈死刑台のエレベーター〉というフランス映画があったが、きっとこんな音をたてて昇り降りするのであろう。佐和子は、やわらかすぎて背や腰の痛くなるベッドで寝返りを打ちながら、そう思った。

「もう絶対に、あした、他のホテルに移るわ」

彼女は、もう何度胸の内でつぶやいたかしれない言葉をまた繰り返し、ベッドサイドの小さなテーブルに置いた旅行用の目覚まし時計を見た。三時十分だった。

シェラミ・ホテルの前は、昼間、それほど車の通行は多くないのに、夜の十二時をすぎるころから増え始め、夜明けまで、震動や、エンジンをふかす音がつづいた。

セーヌ河の対岸にルーヴル美術館の屋根がかすかに眺望出来るシェラミ・ホテルは、滝井がフランスにいた当時は三ツ星だったのに、一昨日の夕刻、チェックインすると、星がひとつ減っていた。四階建ての細長い建物で、部屋は十五室。泊まり客の大半は、地方から商用でパリへやって来る常連のフランス人だった。

比較的静かな裏通りに面した部屋は、隣接するアパートの台所とほんの目と鼻の距離で、こちらの一挙手一投足が丸見えの状態である。絶えずカーテンを閉めていなければならない部屋と、騒音に悩まされる部屋とどっちがいいか。佐和子は後者を選んだのだった。

シェラミ・ホテルのいいところは、まず何よりも値段が安いこと。経営者がきれい好きで、掃除だけは行き届いていること。それに、従業員の愛想のいいことだった。

滝井に言わせると、パリの安いホテルで、外国人客に親切なところは意外に少ないし、ここは立地条件もよくて、あちこち動き廻るには適しているとのことだった。

「でも、もういやよ。こんなにうるさい部屋で寝られやしないわ。表では車とオートバイ、中ではエレヴェーター。もう絶対、ホテルを変える」

佐和子は、苛だって、やみくもに手足をばたつかせた。ところどころ剝《は》がれている漆喰の天井から足音が響いた。佐和子の部屋の真上に、滝井の部屋があった。佐和子は耳を澄ませ、起きあがって通りに面した窓をあけると、首を突き出し、滝井の部屋の窓を見やった。滝井の部屋には明かりが灯っていた。

佐和子は、滝井もこの騒音で寝られないのだろうと思い、彼の部屋に電話をかけた。

「私、贅沢は言わないけど、もう少し静かなホテルに変わりましょうよ」

佐和子がそう言うと、

「いやァ、三日もすれば慣れますよ」

至極のんびりした滝井の声が返ってきた。

「ホテルを変える気はないんですか？」

「ぼくは、このホテルが好きですからね」

「どこが気に入ってるの？　このエレヴェーターの音が気にならないんですか？」

「だって、年代物のエレヴェーターですからね。扉も手動式だから、多少は耳障りだけど」

「多少……？　多少どころじゃないわ。エレヴェーターの扉が閉まるたびに、枕に石が当たるみたいよ」

「慣れちゃえば平気ですよ」

そんなことよりも、雨宮さんの手帳に、ちょっと気になる数字が書かれてあるのだがと滝井は言った。

「電話番号だと思ったんです。でも、誰の電話番号なのかは書いてない。ところが、一九二六年五月六日付けの、アスリーヌ夫人からの手紙に、同じ数字が出てくるんですよ」

起きているのだったら、いまから部屋にお邪魔してもいいかと滝井は言った。すっかり目が醒めてしまって、喉の渇きをおぼえた佐和子は、

「ミネラルウォーターも持って来て下さいね」

と頼んだ。部屋に備えつけてある冷蔵庫の中のミネラルウォーターは、どれも天然の炭酸入りで、滝井はマーケットで何本かの炭酸の入っていないミネラルウォーターを買って来てくれたのだった。

佐和子は部屋の明かりをつけ、パジャマの上からガウンを着て、チョコレートを口に放り込んだ。

「夜中に失礼します」

滝井はそう言って佐和子の部屋に入ってきた。片手にミネラルウォーター、片手にコニャックの壜を持ち、腋の下には大きなノートを挟んでいた。

「あしたから、いや、もうきょうだな。きょうから忙しくなりますよ」

滝井はグラスにコニャックを注ぎ、なんだか楽しそうに言った。探偵ごっこをしている子供みたいに見えた。

「フィリップって名前を覚えてませんか？　田沼祐介さんの日記に出てくる人物ですよ。同じアパートの住人で、田沼祐介さんに金を借りに来た青年」

「ええ、覚えてます。肺結核にかかっているんじゃないかって、おじいさまが書いていた……」

「そうです。その青年です。これは推測ですけど、田沼祐介さんは、そのフィリップがどうしているのかをアスリーヌ夫人に手紙で問い合わせたんでしょう。これは、その返事ですよ」

ノートに挟んであるアスリーヌ夫人からの手紙を出し、滝井は、鉛筆で線を引いた部分を読んで訳した。

――フィリップは、いまお兄さんの店で働いています。去年、療養所から帰って来たそうです。手術が成功して、三年で退院したが、右の肋骨を四本も切ったので、一生、無理のきかない体になったと言っていました。ムッシュー・タヌマから借りたままになっているお金のことを気にしていました。彼の住所は――。

滝井は、パリの地図を拡げ、

「ほらね。このあたりですよ。S通り四の二〇三。雨宮さんの手帳にあるのも四―二〇三。きっと雨宮さんは、番地だけ手帳に控えたんですよ」

「でも、ゴーキさんは、フィリップのことは、ひとことも言わなかったわ」

佐和子は日本から持参した祖父の日記を、旅行鞄にしまってあった。それは、佐和子がパリへ行くことを決めた翌々日に、父が大慌てで東京までやって来て読んだのである。

「佐和子さんには言わなかったけど、雨宮さんの調査の対象になったことは間違いがない。雨宮さんの調査が失敗に終わったのなら、ぼくたちは彼がやらなかった方法で調べるべきです」

エレヴェーターの昇って行く音が大きく響いた。

「私、この音を聞いてると、頭がおかしくなりそう」

と佐和子は言い、少しコニャックを貰ってもいいかと訊いた。

「どうぞ。寝酒用に置いときますよ」

「いま飲みたいんです。なんだか苛々して……」

「時差ボケもあるし、枕にもベッドにも慣れてないし、それに、寝なきゃあいけないって思い詰めるから。そんなに苛々しなくてもいいですよ。疲れたら、ホテルに帰って昼寝をしたらいい。ここは、どういうわけか、昼間は静かだから」

「ほんと、変なホテル」

佐和子は、飲みたいなどと言ったが、元来、アルコールには弱い体質だし、こんなに疲れて神経もささくれだっているので、ほんの少量でも気分が悪くなるのではないかと思った。しかし、顔も熱くならないし、心臓の鼓動にも変化が生じなかった。

彼女は、勿体ないと思いながらも、コニャックを水で薄めて飲み、自分の体の状況をたしかめ、おかしいなと感じた。酒の酔いを、心地良いと感じたのは、生まれて初めてだったからである。

佐和子は、恐る恐るもう一杯、コニャックの水割りを作り、それを飲んだ。

「いくら水割りでも、もうちょっとゆっくり飲むほうがいいと思うなァ」

滝井が、三杯目を作ろうとしている佐和子を制して、コニャックの壜を取りあげた。

「だって、すごくいい気分なんですもの」

佐和子は毛布で腰から下をくるみ、ベッドの背凭《せもた》れに上半身をあずけると、父の言葉を口に出してつぶやいた。

「お前、マリーを捜して、何をしようってんだ。過去は過去だよ」

父の慌てぶりは、佐和子の予想をはるかに超えて、滑稽なくらいであった。

親父は水臭い。どうして、ひとこと俺に言ってくれなかったのだ。どうして息子の俺に隠して、孫に教えようとしたのだ。まったく水臭いじゃないか。ゴーキもゴーキだ。俺の代になれば、俺が田沼商事の社長なんだ。ゴーキは番頭として、親父が引退したあとも、俺の下で働いた。それなのに、このことは、俺に隠しとおしやがった。それは俺に対する背信行為以外の何物でもない。

父は、自分がつまはじきにされたことだけを問題にして、しばらく荒れつづけ、自分の腹違いの姉が生きているのか死んでしまったのかという件に関しては、思考が及ばないようであった。

佐和子の父が、そのことに触れたのは、佐和子が、マリーを捜しに行きたいのだがと切りだしてからだった。

「マリーを捜す？　ゴーキがもうしらみつぶしに調べたんだろう。いまさらお前が捜したって、みつかるはずはない。馬鹿なことをするな」

「どうして、馬鹿なことなの？　お父さまのお姉さんなのよ。生きてるのか、死んでるのか、お父さまは知りたくないの？」

「死んだって書いてあるじゃないか。マリーという赤ん坊の祖母が、ちゃんと教会で葬式までやってるんだぞ。そんなこと、嘘をついてどうする。親父は何を血迷って、赤ん坊が生きてるなんて考えたんだ。血迷ったとしか思えん」

「誰だって血迷うわよ。おじいさまの身になってみたらわかることだわ。もし、お父さまに同じことが起こったら、お父さまだって血迷うわ。赤ん坊が本当に死んだのかどうかを、必死で調べるわ」

「じゃあ、どうして息子の俺に相談してくれなかったんだ。俺は、そんなに頼り甲斐のない息子か？　そんな息子に、なぜ田沼商事の跡を継がせた。田沼商事のシェアーを三十六パーセントも拡張したのは、この俺だ」

「お父さまの価値基準は、いつも自分の自尊心を核にしてるのよ。お仕事のやり方もそうだし、子供の生き方への干渉もそうだわ。お父さまは、自尊心のために仕事をして、自尊心のために、私たちの生き方を決めたわ。みんなうまくいった。でも、私に関しては失敗した。お父さまが私に二千万円の小切手をくれたのは、私のことを思ってじゃなく、自尊心の回復のためよ」

「男は、いつも自尊心を動力にして仕事をしてる。それが悪いか。自尊心が、俺に仕事をさせた。田沼商事をここまで大きくさせたんだ。しかし、親父とフランス人とのあいだに出来た子供の問題と、それとは、無関係だ。〈オレンジの壺〉がいったい何なのかも、その赤ん坊の生死も、何十年も前の戦争とともに終わった。俺が言いたいのは、悪い過去を掘り起こすことは、未来にとって決して良い結果にはならんということだ」

「でも、おじいさまは、マリーが生きてるのか死んだのかを知りたかったのよ。それを調べてみるのが、なぜいけないの？」

「生きていたらどうする。マリーの、これまでの人生はどうなる。マリーは、きっと、父親も死んだと教えられて育ったに決まってる。そんな彼女が、六十五歳になって、いままで教えられ、そして自分もそう信じてきたことが、みんな嘘だったと知ったら、彼女の六十五年間の人生は、ずたずたになる。騙されつづけて六十五年間生きてきたひとりの女の心を考えろ。事実と真実は別のものだ。マリーは、何を知ることになると思う？　事実か？　真実か？　人間は真実を知るべきだ、なんて甘っちょろいことを言ってるあいだは、おとなにはなれん。マリーが生きていて、本当のことを教えられたとき、マリーのこれまでの人生は、みんな虚像になる。事実や真実を知ることよりも、そのほうがはるかに彼女を苦しめるぞ。お前は、それをわかっているのか」

しかし、父はそれから三日後、箱根から電話をかけてきて、

「お前が、こんなにも自分の意見を通そうとしたのは初めてだな」

と言った。そして、仕事上で交友のある何人かのフランス人の名をあげ、

「この人たちに電話をかけて、お前のことを頼んどくよ。役に立ってくれるはずだ」

そう言ったあと、

「アスリーヌ夫人の手紙に嘘はなかった。赤ん坊はお産のとき、母親と一緒に死んだ。そうであるほうが、死んだ親父にとったらしあわせだよ」

とつぶやいたのであった。

佐和子は、ゴーキさんの手帳に見入っている滝井に、父との口論の内容を話して聞かせた。

「私の父が言ったことは、正しいとは思えないけど、間違っているとも思えないの」

滝井は無言で佐和子を見ていたが、

「もし、マリーが生きていて、ぼくたちの前に姿をあらわしたら……」

と言ったきり、そのあとの言葉を、いつまでたっても口にしなかった。彼は部屋を出るとき、

「きょうは九月二日。ぼくの誕生日でね。二十代が終わった」

そう言って微笑んだ。そんなこととは知らなかった佐和子は、お祝いの言葉を述べようとしたが、ドアは閉められ、エレヴェーターの手動式の扉の開閉の音がして、昇って行く震動が伝わった。

明け方、二時間ほどまどろんだが、六時過ぎには、エレヴェーターの、ひっきりなしに昇り降りする音で、佐和子は浅い眠りを破られてしまった。とことん疲れたら、工事現場でも眠れるものだという話を思い出し、佐和子は、あきらめて起きあがった。

朝早くから出掛けていく客たちと、ホテルの女主人が挨拶しあっている声が聞こえていた。女主人は、六十歳を少し過ぎたくらいの年齢で、丸々と太っていたが、その体型に似合わず、こまめに、足取りも軽く、帳場と、その奥にある小さな事務所とを行き来し、掃除係が出勤する前に、自分で入口の床を磨きあげてしまうのだと滝井から教えられていたので、佐和子は窓をあけて玄関前の通りを見た。

重そうな革鞄を持った男を送り出し、賑やかに手を振る女主人の光った鼻には、小粒な汗が噴き出ていた。

佐和子は、しばらく淀んだセーヌ河と、幾分靄《もや》のかかった早朝の風景を見てから、窓をあけたまま、洗面所に行った。

身づくろいを整えて時計を見ると、まだ七時半だった。滝井とは、九時に食堂で逢うことになっていた。午前中の予定は、アスリーヌ社の倉庫と事務所のあった場所を訪ね、そのあと、アスリーヌ家の墓にもうでることであった。午後の四時には、父に紹介されたシャルル・クルゾワという貿易商と逢う約束になっている。シャルル・クルゾワは、すでに八十歳を超え、現役からしりぞいて、クルゾワ商会の会長職にあったが、かつては、パリ菓子食品組合の理事長を務めた経歴を持っていた。シャルルなら、アスリーヌ社のことを知っているに違いない。とにかく、二十三歳のときから、菓子食品の世界で働きつづけてきたのだからな……。父はそう言ったのだった。

肩の力を抜いて、マリーをみつける手がかりがまったく見いだせないまま日本に帰るはめになってもいいという心がまえでなければ、事はうまく運ばないだろう。佐和子は自分にそう言い聞かせ、小さなソファに腰かけていた。

ドアが小さくノックされた。佐和子が返事をすると、滝井がドアの外から、

「起きてますか？」

と訊いた。佐和子はドアをあけ、

「二時間ほどうとうとしたんだけど、やっぱり、このエレヴェーターの音では眠れないわ。九時までどうしようかって思ってたんです」

と言った。

「ぼくも、眠れなくて。六時ごろ目を醒まして、仕方がないから、河べりを歩いて来たんです」

階段の手すりを磨いている掃除係が、滝井に話しかけた。滝井は、しばらくその四十歳くらいに見える赤毛の女と話してから、

「中に入ってもいいですか？」

と佐和子に訊いた。

しかし、滝井は佐和子の部屋に入りかけ、

「そうだ、食堂に行って、朝食をとりながら、きょうの打ち合わせをしましょう」

と言い、パリの地図を上着のポケットから出し、エレヴェーターを使わずに階段を降りた。シャム猫が、階段の手すりに坐っていた。

アラブ系の顔立ちのウエイトレスとも顔なじみらしく、滝井は席につくと、親しそ

うに話をして、

「卵は何分くらいボイルするかって訊いてますよ」

と言った。

「私は、五分くらい」

「ぼくも、そのくらいがいいな」

運ばれてきたコーヒーとミルクで、カフェオレを作り、クロワッサンにバターを塗りながら、

「きょうは、ほんとに昼寝をしましょうね」

と滝井は言った。

「時差ボケもあるし、これからの展開で、ヨーロッパのどこへ足を延ばすかわからないし……。とにかく、最初に無理をすると、あとでこたえますからね。午前中の予定をこなしたら、ホテルに帰って三時まで寝る。四時にシャルル・クルゾワ氏のお宅に行くから、三時に起きればいいですよ」

佐和子は、食堂の奥の壁一面にパリ市街地の航空写真が張ってあるのに気づき、椅子から立ちあがって、その大きな写真のところへ行くと、滝井に、このホテルはどのあたりなのかと訊いた。滝井も立ちあがり、佐和子の横に来て、セーヌ河の中洲にあ

るシテ島を指さし、それから、その指を左に動かした。

「これがカルーゼル橋。ここを向こうへ渡ったところにルーヴル美術館がある。ああ、これです。これがルーヴル。このシェラミ・ホテルは……、たぶんこれだな」

河ぞいにひしめき合う小さな建物の屋根を見つめ、滝井は、小さな長方形の、マッチの軸ほどの建物を人差し指で突いた。

彼は、その指を、ずっと下に這わせていき、ある地点で停めた。

「このあたりに、佐和子さんのおじいさんが住んでたアパートがあったはずです。手紙の住所だと、だいたいこのあたりになる」

と言った。

「アスリーヌ社の倉庫は？」

と佐和子は訊いた。滝井は指をセーヌ河に沿って左側に動かし、

「これがエッフェル塔だから、たぶん、このあたりでしょう」

そう言って、碁盤の目みたいな街並の一角を示した。ちょうど、女主人が食堂をのぞいたので、滝井は彼女に何か訊いた。

「この写真は、二十年ほど前のパリを空中撮影したものだって言ってます」

愛想のいい女主人の笑顔に応じ返し、佐和子はテーブルに戻った。

「詳しいんですのね。何年くらい、パリにいたんですか？」

佐和子は滝井に訊いた。佐和子は、滝井という男について、ほとんど何も知ってはいないことを、そのときあらためて気づいた。

「丸五年ですね。大学を卒業してから、すぐにパリに来て、五年後の春に日本に帰りました」

「パリで何をなさってたんです？」

「フランス語の勉強」

「それだけ？」

滝井は、しばらく考え込み、

「パリに来て二年後に結婚し、三年後に離婚した。つまり、離婚したから、日本に帰ったんです」

と言った。

意外な返事が返って来たので、佐和子は、次の言葉が出てこなかった。滝井は、奥の壁に張られた航空写真を指さし、

「エッフェル塔の右側に電車のレールがあるでしょう。あれはパッシーからパストゥールまでを結んでるんです。パッシーで降りて、真っすぐ坂を昇って行くと、小さな

教会がある。その斜め向かいのアパートに、いまも別れた女房が住んでます」

「奥さんは、フランス人？」

「ええ。ある日突然、他の男の部屋にいりびたるようになったんです。ある日突然、何の前ぶれもなしにね」

滝井は苦笑し、運ばれて来たゆで卵をスプーンで割った。

他に適当な言葉が浮かんでこなかったので、佐和子は、

「私も離婚したんです」

とゆで卵に塩を振りかけながら言った。当然知っているものとばかり思っていたが、滝井は顔をあげ、

「へえ、そうですか」

と驚いたように言った。

「曽根さんからお聞きになってるものとばっかり思ってましたわ」

「ぼくも、彼はてっきり、ぼくのことを佐和子さんに喋ってるんだろうって思ってましたよ。とにかく、彼は、お喋りだから」

二人は顔を見合わせて笑い、食事が済むまで、申し合わせたように口をきかなかった。

カフェオレを飲みながら、

「お子さんはいらっしゃらなかったんですか？」

と佐和子は滝井に訊いた。

「いませんでした。佐和子さんは？」

「私、結婚して一年で離婚したんです」

「一年？　そりゃあまた早いな」

滝井は何かを言おうとしてやめ、また同じことを繰り返したあと、

「アスリーヌ夫人の家は、パッシーの駅から近いんですよ。別れた女房がいまも住んでるアパートから歩いて七、八分のところです。どうせ、アスリーヌ夫人が住んでた家にも行かなきゃあいけない。あの近くをうろうろしたくないなっていうのが本心ですね。うろうろしてるのを見られたりしたら、しゃくですからね。まだ未練がましく、パリに来たのかって誤解されたら、ますますしゃくだな」

と言って笑った。そして、ふいに話題を変えた。

「アンドレ・アスムッセンを、どうやって捜すか……。生きてたら、七十七歳。この男をみつけることが、一番大切だと思いますね。雨宮さんの勘は当たってると思う。ぼくも、アンドレ・アスムッセンが多くのことを知ってるに違いないって気がするん

です。でも、どうやってみつけたらいいのか、皆目わからない。朝、この近くを歩きながら考えたんです。的を絞らなきゃいけないってね。それで、結局、アンドレ・アスムッセンだけを追いかけてみたらどうかと思った。雨宮さんの手帳には、一九六五年時のアンドレの住所が書いてある。しかし、どうして雨宮さんは、その住所にあたってみなかったのかな。たとえば、田沼商事と取り引き関係のあるフランス人に頼んでみるとか、直接、手紙を出してみるとか……」

「その住所は、どのあたりなんですか？」

と佐和子は訊いた。滝井は、立ちあがり、再び航空写真のところに行くと、

「このあたりです。これがモンパルナス駅。この公園みたいなのが、モンパルナス墓地。彼の住所は、駅と墓地との中間あたりだと思うんです」

佐和子は午前中の予定を変更し、一九六五年に、アンドレ・アスムッセンが住んでいたらしいという住所を訪ねてみようと決め、その自分の決意を滝井に言った。

「よし、そうしましょう。アスリーヌ社の倉庫があったところには、あした行けばいい」

滝井は腕時計を見、

「じゃあ、追跡開始だ。的をアンドレ・アスムッセンに絞って」

と言って、いったん自分の部屋に戻って行った。佐和子も、自分の部屋に戻り、出かける用意をした。滝井がドアの外から、

「行きましょうか」

と声をかけた。そのとき、電話が鳴った。訛りの強い英語で、佐和子に電話がかかっていることを女主人は伝えたが、相手の名前はききとれなかった。滝井が部屋に入って来、受話器を受け取った。

「シャルル・クルゾワさんからですよ」

と滝井は言った。

「英語は喋れるのかしら？」

「喋れても、フランス語しか使いませんよ、フランス人てやつは」

滝井は言って、フランス語で何か喋りだした。

「夕方の四時に約束したんだけど、都合が悪くなった。いまからなら、二時間ほど時間が取れるそうです」

「じゃあ、先に、クルゾワさんに逢うわ」

パリの菓子食品組合の理事長を務めた人物なら、きっとアスリーヌ社のことも、アスリーヌ夫人のことも知っているに違いない。父が紹介してくれた人物の中で、シャ

ルル・クルゾワにだけは、何としても逢わなければならない。佐和子はそう思ったのである。

「だいぶ耳が遠いみたいだな」

電話を切ると、滝井はそう言い、

「ギメ美術館の裏か」

とつぶやいて部屋から出て行った。

タクシーは、エッフェル塔を通り過ぎてから大きな橋を渡った。

「別れた女房の近くへ近くへ行くんだよなァ」

舌打ちをして滝井は言い、

「これがビル・アケイム橋でね、この橋に沿って線路が走ってるでしょう？　橋を渡ると、パッシー駅ですよ」

工事中の道を右に折れ、坂を下ったが、確かにそのあたりは、坂道が多く、繁華街でもなければオフィス街でもなく、かといって住宅地とも呼べない街並がつづいた。

「アパート、見えます？」

佐和子は遠慮ぎみに訊いた。滝井は、うしろを振り返り、ミネラルウォーターの広告板を屋根に載せた古い石造りの建物を指差し、

「あれです」

と言った。

「あそこの三階。三年前とおんなじカーテンが窓にかかってた。いやだなァ、どんな神経してやがるんだろう。あのカーテン、俺が買って来て、俺が取り付けたんだ。別れたんだから、外して、他のに取り換えりゃいいのに」

滝井は、両の手で、頬や顎をしきりにこすって顔をしかめた。佐和子はなんだかおかしくなり、滝井に気づかれないようにして笑った。しかし、その笑みは滝井にばれた。

「おかしいですか？」

「だって、滝井さんもカーテンの柄をちゃんと覚えてるくせに」

「そりゃあ忘れませんよ。帰ってこない女房を待って、しょっちゅう、あのカーテンをあけて外を眺めたんだから。まさか他の男のアパートに泊まってるなんて想像もしなかったんだから。どこかで交通事故にあったんじゃないか、とか、ひょっとしたら誘拐されたんじゃないか、とか……。そう思いながら、朝まで起きてたんだから。昼ごろに帰って来て、何て言ったと思います？　好きな男が出来たから、一年間別居してくれ。一年たったら戻って来る……。ぼくは、自分の女房がいったい何を言いだしたのか、しばらくわかりませんでしたよ」

シャルル・クルゾワの家は、ギメ美術館から百メートル近くも離れたところにあった。建物と同じくらいの大きさの庭に面した部屋に通された。

庭には、蘭のための温室があり、そこに秋の薄陽が当たっている。ロココ調の家具は、どれも年代物で、そのため、華美な色彩は褪せて、クルゾワ家の客間に落ち着いた静寂を与えていた。

メイドに片腕を支えられたシャルル・クルゾワが、ステッキをついて、おぼつかない足取りで姿をあらわした。佐和子と滝井は立ちあがり、クルゾワに挨拶した。なんだか、鳥の雛《ひな》みたいな顔だなと佐和子は、八十二歳のクルゾワの嘴《くちばし》のように見える鼻に目をやって思った。

こんな体で、約束の時間を急に変更するほど忙しいのかしら……。佐和子はそう思いながら、クルゾワが身振りで、坐るよう促し、メイドが大きな扉を閉めて客間から出て行くのを見ていた。

「あなたのお父さんから、大変丁寧な手紙を頂戴しました」

とシャルル・クルゾワは赤い頬をゆるませて言った。そして、苛だたしげに、補聴器の音量を調節してから、庭のほうに視線を向けた。

「マダム・アスリーヌ……。懐しい名前です。まさか、あなたのお父さんからの手紙に、アスリーヌ夫人の名が出てくるとは。手紙を読んで、私はびっくりしました。この歳になると、過去が前方からやって来るような気持になるものですが、アスリーヌ夫人のことを思い出すのは、まったく、過去が私の前方からやって来るという言葉以外ありません」

シャルル・クルゾワはそう言ったが、なぜアスリーヌ夫人のことを調べたいのかとは質問しなかった。

彼は、自分の言葉を日本語に訳している滝井を見、それから佐和子に視線を移して、

「アスリーヌ夫人について、私は何をお話しすればよろしいのですか？」

と訊いた。しかし、佐和子が質問の言葉を発する前に、クルゾワはひとりで喋りだした。

「アスリーヌ夫人は、美しくて、聡明で、行動力に満ちた女性でした。私が、初めて彼女に逢ったのは、確か一九二九年だったと思います。私が二十三歳のときでした。そのころの私は、スイスのチョコレートを販売する会社に就職したばかりで、菓子業界のことについては何も知りませんでした。つまり、使い走りです。スイスから車で

運んで来た生チョコレートを、高級な菓子屋やカフェに納品するのが、私に与えられた最初の仕事です。私は、モンパルナスに開店したアスリーヌ社のカフェに、生チョコレートを納品に行き、そこで、アスリーヌ夫人に逢いました。その店は、もともとは宝石店だったのですが、経営者が健康を害したので、アスリーヌ夫人に店を売ったのです。アスリーヌ夫人は、その店を改装して、しゃれたカフェを作ったのです。コーヒーや紅茶を飲みながら、クレープとか、ケーキとか、生チョコレートを楽しむ店です。当時のパリでは、アスリーヌ夫人の店は大変な評判になり、いつも繁盛していました」

そこまで喋ってから、やっとクルゾワは、アスリーヌ夫人の何を知りたいのかと佐和子に訊いた。一九二九年に、初めてアスリーヌ夫人と面識を得たとすれば、一九二三年に起こった出来事をクルゾワは知らないだろう。佐和子はそう考え、

「ドランシーのユダヤ人収容所に入れられた人の多くは助かったのに、どうして、アスリーヌ夫人だけが、わざわざアウシュヴィッツに移されたのでしょうか？」

と訊いた。クルゾワは、怪訝そうな表情を一瞬のぞかせたが、すぐに、こう答えた。

「私に、そんなことがわかるはずはありません。ヒトラーか、ゲシュタポの親玉に訊

いてみることですな。あの当時、何もかもが狂っていたのです。ユダヤ人やポーランド人だけでなく、ドイツ人もフランス人も、心の奥深くに、多くの傷を持っています。自分たちの身を守るために、隣人のユダヤ人の隠れ家をゲシュタポに密告した人はたくさんいます。あの当時、人々にとっての正義は、戦争の是非などではなく、〈生きる〉ということでした。〈生きる〉ことだけが、人々に為せる唯一の正義だった。だから、自分や自分の家族のために、罪を犯したからといって、己をとがめるのは馬鹿げていました。なぜ、アスリーヌ夫人だけが、ドランシー収容所からアウシュヴィッツに移送されたのか、私に質問されてもお答えの仕様がありません。ゲシュタポは、アスリーヌ夫人を殺したければ、ドランシーの収容所ででも殺したでしょう」

そのとき滝井が助け舟を出し、クルゾワに何か質問した。幾分機嫌をそこねていたクルゾワの顔に笑みが浮かび、二人の会話は、しばらくつづいた。それがどんな内容なのかは、あとで訊くことにして、佐和子は、

「クロード・アスムッセンという方をご存知ありませんかしら」

とクルゾワに質問した。

「アスリーヌ夫人と親交のあった方です」

「知っています」

滝井と佐和子は顔を見あわせた。それならば、アンドレ・アスムッセンについても、クルゾワは知っているかもしれない。そう思ったのである。

「クロード・アスムッセンは、ベルリン陥落の前日に自殺しました。拳銃でこめかみを撃って」

「自殺？」

「ええ、彼もゲシュタポに追われていました。ですが、ベルリン陥落の際、すでにパリは解放されていましたから、クロード・アスムッセンは、もうゲシュタポから逃げる必要はなかった。それなのに、パリの隠れ家で自殺したんです。なぜ自殺したのかなどと、どうかお訊きにならないで下さい。私にはお答えの仕様がありませんので」

クルゾワは、かなりの揶揄《やゆ》を込めた言い方と身振りをして、佐和子に皮肉っぽい微笑を向けた。そして、こうつづけた。

「彼の死んだあと、三、四年たってから、パリの菓子食品組合は、元の組織を立て直したのですが、そのとき、私はその組合の書記になりました。第二次大戦の前まで、菓子食品組合の理事長は、クロード・アスムッセン氏だったのです」

「クロード・アスムッセンさんには、アンドレという息子さんがいらっしゃいましたわね。アンドレ・アスムッセンが、いま、どこに住んでいるのか、ご存知ありませんせんでしょうか？」

「アスムッセン氏に息子がいたことは知っています。ですが、彼がいまどうしているか、私は知りません」

クルゾワの話し方には、次第に迷惑そうな調子があからさまになってきた。しかし、佐和子は、このときを逸したら、もうクルゾワと話をする機会はないだろうと思い、

「クロード・アスムッセンさんについて詳しい方をご紹介いただけませんかしら。私は、どうしても、彼の息子のアンドレ・アスムッセンに逢いたいのです」

と食い下がった。

クルゾワは、わざとらしく、いかにも疲れたといった溜息をつき、細い指で苛だたしげにテーブルの端を叩いた。

「彼はとびきりの食通で、とりわけ中華料理を好んでいました。中華料理を得意とするベトナム人のコックが、彼の家に住んでいましたよ。グエン・ヤーという名前のベトナム人です。彼は、いまもパリで中華レストランを営んでいるそうです。グエン・ヤーの中華料理を、私も二回ばかり食べたことがあります。ですが、十五年前、私は香港に行って、彼の作る中華料理が、どんなにいんちきな代物かを知りました」

クルゾワは、ステッキで床を三度強く叩いた。メイドがやって来て、クルゾワの体を支え、椅子から立ちあがらせた。佐和子も立ちあがり、

「そのグエン・ヤーさんの中華レストランはどこにありますか？」

と訊いた。クルゾワは、メイドに支えられて客間を出、そこで立ち停まって、佐和子と滝井が自分の住まいから出て行くのを待った。そうしながら、不機嫌そうな顔で、

「こんなに懐しい名前ばかりが、あなたの口から出てこようとは思いませんでした。お父さまに、どうかよろしくお伝え下さい。十五年前、日本を旅行したとき、大変お世話になったのです」

と言ってしみだらけの手で佐和子と握手をし、滝井とも握手をした。結局、クルゾワは、グエン・ヤーの店がどこにあるのかは喋らなかった。知らないから教えられないのか、それとも、知っていても教えたくないのか、佐和子にはわからなかったが、クルゾワは弱々しく二人に手を振り、絨毯を敷いてある廊下の向こうに消えていった。

クルゾワ家を出、路上に立って空を見つめ、佐和子は、いっそのこと、クルゾワに〈オレンジの壺〉という言葉を投じてみたらよかったと思った。

「収穫だね。クロード・アスムッセンの自殺を知ったことと、グエン・ヤーというベトナム人の存在がわかったことは、大きな収穫だよ」

滝井はそう言って、プラタナスの巨木に凭れ、

「ことしのパリは暖かいから、まだ葉っぱに青味が残ってる」

と言った。

「グエン・ヤーを捜そう」

滝井は、両腕を大きく廻し、やっと正常に曲げられるようになったという右膝を屈伸させて、そう言った。

「どうやって？」

と佐和子は訊いた。経営者の名前だけで、一軒の中華レストランを捜しだせるのだろうかと不安だった。

「まず、電話帳で捜す。グエン・ヤーという名前をね。ベトナム人には、グエンという名前が多い。ヤーは、たぶんＪＡＨかな。それでみつからなかったら、俺の友だちを捜すよ」

「友だち？」

「そう、ベトナム人の友だちだ。おじいさんがパリに住みついて、艱難辛苦の果て

に、ベトナム料理店を成功させた。そいつは、つまりベトナム系三世ってわけだけど、まったくベトナム語は喋れない。在仏ベトナム人の中で、一番の女たらしだ。名前はバオ・ジェム。こいつをともかく捜そう。頼むぜ、パリにいてくれよ。女とモナコにでも行ってたら、つかまえようがないからな」

最後は、自分に言うみたいにして、滝井はタクシーを停めた。

「そのバオ・ジェムのお父さんとは面識はないの？　彼のお父さんに逢えば、すぐにグエン・ヤーのことがわかるんじゃないかしら」

佐和子の提案に、滝井は笑って答えた。

「彼の親父は、息子の放蕩を全部悪い友だちのせいだと思ってる。それに、日本人を大嫌いなんだ。自分の店に日本人の客が来ると、いやらしいいじわるをする」

「どんないじわる？」

「料理を出すのをわざと遅らせるとか、店が空《す》いてても、満員だと言ったり、まあ、とにかく、陰険なんだ」

滝井は、運転手に行先を告げ、

「それに、ぼくにはバオ・ジェムの親父に顔向けが出来ない理由がひとつある」

と言った。

「どんな?」

「あまり日本人を馬鹿にするから、腹が立って、彼の最大の弱味をついてケンカした」

「最大の弱味って?」

「ベトナム戦争が終わりかけたころ、南ベトナムの指導者連中は、祖国と民衆を捨てて、すたこら逃げだした。スイス銀行に、腐るほど金を隠してやがった。あいつらは、アメリカやフランスに亡命したんだ。サイゴンが陥落する前にね。一族郎党を引き連れて、有り余る金を持って逃げ出した。バオ・ジェムの親父は、その手引きをして、しこたま儲けやがった。その金で、モナコに別荘を買い、フランス人の若い女を囲ったんだ。あんたなんか、汚ない金を汚なく使う売国奴だって言ってやったんだ。だから、のこのこ顔なんか出せないよ。俺を見たら、腐ったニラを顔になすりつけてやるって、バオ・ジェムに言ったそうだからね」

タクシーは、パッシー駅の近くの、ミネラルウォーターの大看板が屋根に載っている建物のところで停まった。

「いやなところで信号が赤だなァ」

滝井の言い方がおかしくて、佐和子は笑った。近くに小学校があるらしく、年少組の子供たちが、二列になって下校していた。佐和子は、そっと、建物の三階を盗み見た。さっき、滝井が教えてくれたカーテンは片方があけられていた。佐和子は思わず、

「カーテンがあいてるわ」

と言った。滝井は建物とは反対側に顔を向けたが、そのうち、顔を動かし、目だけで、かつて住んでいたアパートの部屋の窓を見やった。手動式の信号で、小学生たちが渡り切るまで、青に変わらないのか、タクシーの運転手がハンドルを軽く叩きながら、何か言った。

「やあ、どうしてる？　そう言って逢って来たらいかが？」

佐和子は、ひやかし半分で冗談を言った。

「私、あのカフェで待ってるわ」

「このあたりには、顔なじみがたくさんいるんだ。懐しいなァ。あの靴屋の親父も歳を取ったよ」

滝井はそう言って、カフェの隣の靴屋の店先で通りがかりの婦人と話し込んでいる男を指差した。そして、運転手に何か言い、本当にタクシーから降りて、靴屋の主人に手を振りながら歩きだした。佐和子は驚いて、滝井のあとを追った。

靴屋の主人は、滝井に気づくと、奇声をあげて両腕をひろげ、早口のフランス語で笑いながら何か言った。

佐和子はしばらく所在なげに立っていたが、そのまま二人の前を歩いて、カフェの椅子に坐り、滝井の表情を盗み見た。本当に、別れたフランス人の妻に逢って行くつもりなのか、それとも、かつての隣人たちに挨拶するだけなのか、滝井の屈託のない笑顔を見るかぎりではわからなかった。

あまり仕事に熱心ではなさそうな、若い小太りの女が注文をききに来たので、佐和子はオレンジジュースを頼み、パリの地図をテーブルにひろげると、手帳に書いた幾つかの住所と照らし合わせ、およそこのあたりだろうと思える箇所に×印をつけた。アスリーヌ社の倉庫兼事務所があった場所。アスリーヌ夫人の家があったところ。祖父が住んでいたアパルトマン。ローリーが埋葬されている墓地。一九六五年に、アンドレ・アスムッセンが住んでいたと思われるアパルトマン。

その五箇所に×印をつけたあと、佐和子はシャルル・クルゾワの家に丸印をつけ、次いで、自分が泊まっているシェラミ・ホテルに少し大きめの三角印をつけた。それは、無意味な時間つぶしだったが、そうやって印をつけてみると、七つの印のうちの四つは、このパッシー駅からそんなに遠くないところにあることがわかった。かつて祖父が住んでいたところと、アンドレ・アスムッセンがいたと思われる場所だけが、セーヌ河の南側にあった。

佐和子は、河を渡って来た電車が終着駅に入って行くのを眺め、汚れたセーヌの流れに目を移した。なんだかパリの街全体が路地裏みたいな気がして、二、三日もあれば、マリーがどこにいるのかわかってしまいそうな気がした。

ローリーが埋葬されている墓地は、きっとアスリーヌ家代々の墓所であるだろうから、そこにはアスリーヌ夫人のお墓もある。遺骨はないだろう。それは、夥《おびただ》しいユダヤ人の骨と混ざって、地面の下に灰色の断層を作った……。

しかし、それにしても、アスリーヌ社はなぜ再建されなかったのだろう。第二次大戦中、アスリーヌ家にゆかりの人々も使用人もすべて死んだというわけではあるまい。その気になれば、誰かがアスリーヌ社を再建出来たはずではないだろうか。ゴーキさんの口ぶりでは、アスリーヌ夫人は人徳があり、多くの人たちから慕われていたらしい。親戚や、従業員の何人かが力を合わせれば、アスリーヌ社は、戦後、新しい経営者を得て事業を復興出来たのではあるまいか。

さっきの、シャルル・クルゾワの苛立ちは、気難しい老人の癇癪とは思えない。彼は、アスリーヌ夫人に関する話題に触れたくなかったのではないだろうか。だから、約束の時間を変更し、いかにも忙しさを装って、面談の時間を短くしようとしたのではないだろうか。

まるで温かみのなかったシャルル・クルゾワが、多少とも人間らしい表情を見せたのは、クロード・アスムッセンが自殺したことを口にしたときだったなと佐和子は思った。無理に冷静さを装うために、かえってそれまでの言葉つきとは違う言い方になった。そこだけ医者の死亡告知みたいに、事務的で、堅苦しい表情も作った。シャルル・クルゾワともう一度逢う機会は得られないだろうか。彼は、アスリーヌ夫人について、多くのことを知っているのではなかろうか。

佐和子がそんなことを考えつづけていると、二歳か三歳くらいの女の子が、佐和子の近くに歩いて来た。顔をあげると、滝井がきまり悪そうな顔つきでこちらに歩いて来て、

「ぼくの別れた女房の娘」

と言った。佐和子は、

「じゃあ、再婚なさったのね」

と女の子を見つめて言った。

「この子が生まれて三ヵ月後に離婚したんだって。何を考えてるんだろう。ぼくと結

婚して、他に好きな男が出来て、ぼくと離婚して、再婚して子供が出来て、またすぐ別れる……。ぼくには、そんな女の気持がまったくわからん」

「奥さんとは逢ったの？」

「奥さんじゃない、別れた奥さんだ。もうじき降りてくるよ」

滝井は、そう言って、建物の三階に目をやった。

「彼女もバオ・ジェムとは親しかった。いま、バオ・ジェムのいそうなところに電話をかけてくれてるんだ」

煙草に火をつけ、カフェの椅子に坐ると、滝井は女の子を椅子に坐らせてやり、オレンジジュースを注文した。

「まったく複雑な心境だな。別れた女房が、他の男とのあいだにつくった子供と、こうやって対面してる……。でも、なかなか可愛い顔してる。美人になるよ」

「この子、幾つ？」

「二歳と三ヵ月だって」

女の子は少しもじっとしていなくて、椅子から降りると、幾つも並んでいるテーブルのあいだを走り廻った。

「別れたぼくの奥さんはしつけの厳しい堅い家の娘なんだ。両親はどっちも学校の先生でね、ぼくとの結婚も、簡単には許さなかった。なんでそんなに簡単に、結婚、浮気、離婚、再婚、出産、そして離婚なんて芸当が出来るんだろう」

滝井は、どうにも理解しかねるといった口調で、頬杖をついたまま、力なくつぶやいた。

佐和子にしてみれば、他に男が出来て、それが理由で離婚した妻に、ふと逢ってみようと思いたった滝井の心境がわからなかった。けれども、ひやかしの気持で、それをたきつけたのが自分であることを思うと、居心地の悪いまま、しばらく滝井につき合うしかあるまいと観念し、車道に跳び出しそうになる幼児のまだおぼつかない身のこなしが気にかかり、立ちあがってその手をつかんだ。

「シャルル・クルゾワさんは、きっとアスリーヌ夫人に関して、私たちに言いたくないことがたくさんあるんじゃないかしら」

と佐和子は幼児を椅子に坐らせながら訊いた。

「ある、ある、山ほどあるね。ぼくたちだけじゃなく、他の誰にも知られたくないことがあるんじゃないかな。クロード・アスムッセンが自殺したお陰で、彼は、パリの菓子食品組合の理事長になれたんだからね。のっけから、大きな獲物にぶつかって、佐和子さんのお父さんに感謝、感謝ですよ。シャルル・クルゾワとは、なんとかもう一度逢う機会を作らなきゃあ」

「でも、彼は、もう二度と私たちとは逢ってくれそうにないわね」

「逢わざるを得ないように仕向けるしかないだろうね」

滝井が、幼児にオレンジジュースを飲ませ始めたころ、靴屋の横の狭い出入口から、栗色の頭髪を短く切った背の高い女性が出て来て、幼児に手を振った。

滝井は、椅子に腰かけたまま、別れた妻を佐和子に紹介した。微笑を浮かべて、佐和子と握手をすると、ミレーヌという女性は、自分の娘を抱きあげ、なんだかけだるそうに駅のほうを見てから、滝井に何か言った。滝井は、ミレーヌと話しながら、手帳に何かを書き込んだ。

目と目の間隔のひろい、大柄の、年齢のわりに所帯臭さを感じさせるミレーヌという女性と滝井とが、かつて夫婦であったことに、佐和子はなんとなく納得出来ないものを感じた。佐和子が予想していた女性は、もっと小柄な、すばしっこそうな美人だったのである。

ミレーヌは、佐和子に手を振り、娘を抱いて駅のほうへ歩いて行った。

「きょうは遅出で、これから仕事に行くらしいよ。駅の向こうに、子供を預ってくれる人がいるんだってさ」

と滝井は言い、ウエイトレスを呼ぶと勘定を済ませた。

「どんなお仕事をなさってるの?」

「工業デザイナーなんだ。ずっと前から、歯の治療椅子を作るメーカーに勤めてる。あれで結構優秀なんだよ」

「歯の治療椅子?」

「そう。歯医者に行くと、あの恐しい椅子があるだろう? ドリルが付いていて、口をゆすぐ水も出る。薬壜の並ぶ部分も付いてて、昇ったり下ったり、倒れたりして、照明も付いてる、あの椅子だよ。あれのデザインを考えるのが、彼女の仕事だ」

佐和子はそのときやっと、セーヌ河の対岸に、エッフェル塔があるのに気づいた。それは、歩いて行ける距離だった。彼女は、あんなに大きな塔の存在に、どうしていままで気づかなかったのだろうと思った。

「やっぱり、時差ボケで、焦点が定まってないのかしら」

そう口に出して言うと、

「なにが?」

と滝井が訊いた。あんなに近くにあるエッフェル塔に気づかなかったのだと、佐和子は説明した。

「夜、このアパートの部屋から見えるエッフェル塔は見事だよ。パリは、夜の街だからね。光の使い方がうまい。日本人がやると陳腐で安っぽくなるんだ」

滝井は、そう言って、照れ臭そうに、ミレーヌの部屋を指差して笑い、ふいに表情をひきしめると手帳をひらいた。

「バオ・ジェムは、いまパリにいる。親父の勧めでベトナム人の女と婚約したのに、イタリア人の十六歳の女と一緒に暮らしてるんだってさ。婚約者には内緒でね。これが、バオ・ジェムの電話番号だ。昼間でないとつかまらないけど、二時までは電話のベルが鳴らないようにして、イタリア娘とお休みだ」

滝井は、手帳をしまい、腕時計を見た。

「まだ十二時前だな。ぼくたちも一度ホテルへ帰って休みますか」

確かに眠ったほうがよさそうだった。シャルル・クルゾワと話をした時間はわずかだったが、ひどく緊張したので、佐和子の体はぐったりしていた。

「ミレーヌが、パリに何しに来たのかって訊くから、簡単に説明したんだ。もちろん、マリーのことも、〈オレンジの壺〉のことも喋らなかったけど。そしたら、アスリーヌ社があった場所の近くに、九十二歳になるお婆さんが住んでるって言うんだ。そのお婆さんの孫が歯医者で、ミレーヌの会社のスタッフと親しいらしい。足腰は弱って、車椅子での生活だけど、頭はしっかりしてる。だから、そのお婆さんに逢ってみたらどうかって」

「えっ？　そんな人がいるの？　じゃあ、逢いに行きましょう。ここからそんなに遠くないんだから」

　佐和子は、さっき印をつけた地図をテーブルにひろげた。

「ここがパッシー駅。ここが、アスリーヌ社のあった場所よ。歩いて二十分くらいじゃないかしら」

「眠らなくていいんですか？　あとでこたえますよ。ぼくはひとつひとつ片づけていくほうがいいと思うんだけど。いまは、アンドレ・アスムッセンを追いかけること。それに集中すべきだと思うな。バオ・ジェムに逢って、グエン・ヤーというベトナム人をみつける。そして、彼の口から、アンドレの消息を聞きだす……。あれもこれもって、いっぺんにやってると、かえって糸がもつれてしまうでしょう」

　滝井の意見はもっともだと思いながらも、佐和子は、その老婆に逢いたかった。自分は、パリに来て、まだアスリーヌ夫人と対面していないという気がした。とうの昔に、アスリーヌ夫人は死んだのだから、対面という言い方は適当ではなかった。にもかかわらず、利害と無関係なところで生前のアスリーヌ夫人を直接見た人から、アスリーヌ夫人の印象を語ってもらうことは、佐和子にとって、〝対面〟以外の何物でもなかった。

祖父の日記やアスリーヌ夫人からの手紙、そしてゴーキさんの感想、さっきのシャルル・クルゾワの言葉。それらは、アスリーヌ夫人のある固定した映像を佐和子の中に作りあげている。聡明で美しく、男まさりの事業家。彼女はいつも感情をあらわにせず、颯爽《さっそう》と歩いている。彼女が弱さを見せたのは、娘と孫を同時に亡くしたときだけだ。だが、実際のアスリーヌ夫人は、どうだったのだろう。仕事の途中で、事務所から出て、ふらっと散歩をするとき……。あるいは、仕事を終えて、ほっとして家路を辿るとき、アスリーヌ夫人は、また別の表情をしていたに違いない、そんな彼女の、ちょっとした仕草を、なにげなしに目にしていた人が生存しているならば、その人から話を聞いてみたい。佐和子は矢も盾もたまらず、そう思ったのだった。

「バオ・ジェムに連絡がつくまで二時間もあるわ。私、そのお婆さんに逢いたいんです」

と佐和子は滝井に言った。

「ミレーヌからは、だいたいこのあたりだっていう番地は教えてもらったけど、突然、日本人が訪ねて行っても、相手をびっくりさせるだけだからね。向こうは、いったい何事かと警戒するだろうし……」

滝井は迷っていたが、やはりひとまずホテルに帰り、このような日本人が訪ねて行くのでよろしくと事前に連絡をしておいたほうがいいと言った。

「九十二歳なのよ。今晩死んだらどうするの？」

佐和子はそう言ってから、自分のいやに甲高い声に驚いた。自分の意見を、声を大きくさせて主張したことは、これまでほとんどなかったと言ってもよかったからだった。しかし、佐和子は、滝井の意見はもっともだと思い直し、ホテルに帰って休むことにした。


ホテルに帰り着くと空腹を感じたが、同時に何やらひどく億劫になって、レストランで食事をするよりも、部屋でパンでもかじっていたかった。

佐和子がそのことを滝井に訴えると、滝井は、小さなフロントの台に置いてあるベルを鳴らした。ホテルの女主人は、口を動かしながら奥の事務所から顔を出した。彼女は昼食を取っている最中だったらしく、滝井と話をしてから、愛想良く佐和子に笑顔を送って、何かせわしげに言った。

「食べる物を部屋に運ぶってさ。何を食べます？」

と滝井は訊いた。

「どんなものが出来るのかしら」

滝井はレストランに行き、メニューを持って来ると、それをひろげて、

「オニオンスープに、タルタルステーキ、それにパンなんて組み合わせはどうです？　タルタルステーキは三十五フラン。このシェラミ・ホテルのタルタルステーキは、ちょっとしたもんでね。一人前ずつは多すぎるから、半分ずつ分けて食べると、ちょうどいいな」

「私、ギョーザとチャーハンが食べたいわ」

「じゃあ、今夜は中華料理にしましょう。グエン・ヤーの店で。どんなにいんちきな中華料理なのか試してみるってのも悪くないでしょう」

震動の多いエレヴェーターに乗り、佐和子は自分の部屋へ戻ると、靴をぬいでスリッパに履き換え、バスルームで手を洗った。タルタルステーキといえば生肉ではないかと思ったが、油っこいソースのかかった料理よりもましだと考え、椅子に腰かけて、自分の手帳を開き、午前中に使った費用を書き記した。タクシー代とカフェでのジュース代だけだった。べつにそんなものを控えておく必要はないのだが、中学生のときに一時期、小遣い帳を丹念につけたことを思い出したのである。

佐和子の母はお嬢さん育ちで、金使いも結構荒いところがあるのだが、変なところで細かくて、娘たちに小遣い帳をつけるよう強要したのだった。母に言わせると、いつ、どこで、どんなことにお金を使ったかを書き記すのは、ありきたりな日記をつけておくよりも、あとになって役に立つ場合が多いというのである。何年前の何月何日にタクシーに乗り、八百九十円払ったという記録は、それにまつわる多くの出来事を思い出させる。その日、タクシーに乗ってどこへ行ったのか……。いかなる目的でそこへ行き、誰と逢ったのか……。その他いろいろなことが甦ってくるものだ。思い出せなくても、はて、この日は何をしたのかと頭をめぐらせるだけでも無意味ではない。それが母の意見だった。佐和子は、なるほどと感心して、小遣い帳をつけてみたのだった。一ヵ月もつづけることが出来なくて、その小遣い帳もどこに消えたのかわからなくなった。

きっと数字を書き込んだ部分を破り捨て、学校のノートにしてしまったのだろう。佐和子が、そうぼんやり考えていると、ホテルの女主人と滝井が、白い布で覆った大きな盆を持ってやって来た。滝井の持っている盆には、スープの入った容器とスープ皿が載っていた。

佐和子が伝票にサインして、女主人にチップを渡そうとすると、女主人は手を振って断わり、早口で何か言った。

「この階は、アルジェリア人の後家さんが担当なんだって。いま急用で役所まで使いに行ってもらってるけど、彼女の掃除やサーヴィスが気にいったら、少し多めのチップをやってくれって言ってるよ」

滝井はそう訳した。女主人はテーブルに昼食を並べながら、私のホテルは気にいってくれたかと訊いた。佐和子が何か言う前に、エレヴェーターの音がうるさく聞こえる夜があるが、そのうち、エレヴェーターの音がなければ寂しくて眠れなくなると言った。

「そうかしら……」

女主人が、白い肉のかたまりみたいな体を元気よく動かして部屋から出て行くと、佐和子は、エレヴェーターの音に聞き耳をたてながら、そうつぶやいた。

タルタルステーキは、そのときの佐和子には二口しか食べられなかった。肉は新鮮で、いい味付けだったが、オニオンスープとパンだけで充分な気がした。佐和子の残したタルタルステーキは、滝井がきれいにたいらげた。

「ロビーの横に、泊まり客用の読書室があったんだよ。そこで本を読んだり、手紙を書いたりする。落ち着いたいい部屋で、いつもたくさん花が活けてあった。だけど、その部屋がなくなってる。どうしたんだって訊いたら、その部分だけ隣のビルの土地だったことが古い登記を調べてるうちにわかって、取り上げられたらしいよ。裁判で争ったんだけど負けたそうなんだ。それが、三ツ星だったのが二ツ星に格下げになった理由らしい」

滝井は、あの部屋で紅茶を飲みながら本を読むのは、なかなかいい感じだったと言い残して、自分の部屋に戻っていった。

佐和子は、カーテンを閉め、パジャマに着換えると、ベッドにもぐり込んだ。しかし、眠いのに眠れなかった。そんなとき無理矢理眠ろうとすると、かえって苛々《いらいら》してしまうので、横になったまま、マリーのことを考えた。佐和子の中では、マリーは生きていて、このヨーロッパのどこかに必ずいるという確信が出来あがっていたので、生まれたときから父も母もいないマリーが、いかなる人生をおくってきたかに思いをはせるのは、決して楽しい空想ではなかった。

そういう意味において、佐和子にとって、アスリーヌ夫人は悪人だと言える。だが、曖昧模糊《あいまいもこ》としたアスリーヌ夫人の幻影は、マリーという薄幸な女性の存在を抜きにして思いめぐらすとき、何やら毅然と胸を張って立っているのだった。

エレヴェーターの上がってくる音が聞こえ、やがて足音がして、隣の部屋を掃除する気配が伝わった。昨夕、ちらっと顔を合わせた褐色の肌の、頬のこけた中年女性は、このフロアーの担当なのか……。アルジェリア人の後家さんとのことだが、各フロアーに、それぞれひとりずつ専任の掃除婦がいるほど、従業員が多いとは思えない。きっと、このホテルの女主人の、ちょっとした見栄なのだろう。本当は、ホテルのすべての掃除は、アルジェリア人の中年女ひとりに託されているのではあるまいか。

やがて、掃除機の音が響き、その音を耳で追いながら、佐和子は、マリーの風貌を想像しているうちに、眠りに落ちた。

佐和子を起こすための滝井からの電話の音は、最初、とんでもない遠い闇の奥からの鈴の音みたいに聞こえ、次第に大きくなり、それにつれて、佐和子の心臓の鼓動まで大きくさせた。

「眠れましたか？」

という滝井の問いに、

「ええ、少しだけ」

と佐和子は答えた。だが、時計を見ると四時だった。

「三時に起こすって約束じゃなかったの？」

「うまいぐあいに、バオ・ジェムがつかまって、グエン・ヤーの店がどこにあるのかもわかったんで、ゆっくり寝させてあげようと思って」

と滝井は言った。

「グエン・ヤーは生きてるの？」

「勿論生きてますよ。彼の店は、なんと、パッシー駅から歩いて十五分のところにある。パッシー駅の横にある橋を渡って、ミレーヌのアパートのちょうど対岸のところの路地を南に行くと〈南龍飯店〉て名の小さな中華レストランがある。それがグエン・ヤーの店ですよ。不思議ですね」

「不思議って？」

「ぼくたちが捜してるものは、みんなあのあたりに寄り集まってる」

滝井は、ついさっきまで、このホテルのレストランで、バオ・ジェムと話をしていたのだと言ってから、

「グエン・ヤーも、随分歳を取って、昔のことしか覚えていないらしいですよ」

とおかしそうに笑った。

「何がそんなにおかしいの？」

「だって、未来のことを覚えてる人間なんていないじゃないですか」

滝井は、グエン・ヤーの店は小さいけれど繁盛しているらしいので、電話で予約をしておいた。八時から十時前までが一番混み合う時間なので、九時に予約した。それまでどうしようかと訊いた。

「アスリーヌ家のお墓に行きたいわ」

「じゃあ、三十分後にロビーで待ってます」

よほど深い眠りの中にいたのか、急に起こされた佐和子の心臓の鼓動が平常に戻るのに時間がかかった。彼女が、顔を洗い、化粧をしているとき、鍵の音が聞こえ、部屋のドアがあいた。アルジェリア人の掃除婦が、佐和子を見て、慌てて何か言った。ドアのノブに〈起こさないで下さい〉という札を掛けていなかったので、女は留守だと思って、掃除をするために入って来たのだった。

佐和子は、かまわないから掃除をしてくれと英語で言ってみた。女は少し英語が解せた。

佐和子は、バスルームで服に着換え、一日に二回も部屋の掃除をしてくれるのは、よほどサーヴィスが行き届いているのか、それとも、女の別のもくろみがあってのことなのかと考えてみた。

バスルームから出ると、佐和子は、疲れた表情で掃除機を動かしている女に、

「一日に二回も掃除をするの？」

と訊いた。女は、首を横に振り、たどたどしい英語で、午前中はバスルームの掃除をして、シーツと枕カバーを替えただけで、部屋の掃除はしなかったのだと答えた。娘が怪我をして、慌てて病院へ行ったから、と。

「娘さんが怪我を？　怪我は重いんですか？」

女は、自分の肩のあたりに手を置き、オートバイとぶつかって、鎖骨を折ったのだと説明した。その喋り方は、女がチップ欲しさに、わざと客がいる部屋に入って来たのではないことを伝えていた。佐和子は女に名を訊いた。

「タニン」

と答え、女は初めて笑顔を見せた。それから、エレヴェーターの音はうるさくないかと佐和子に訊いた。うるさくて眠れない。佐和子が大袈裟に顔をしかめると、タニンは何度も頷いた。

佐和子は部屋を出るとき、多めにチップを渡した。少し多すぎたかしら……。多すぎるチップを貰って歓ぶ人間とそうでない人間とがいる。佐和子はそう思い、タニンの艶のない顔を盗み見た。タニンは礼を言ったあと、佐和子のあとを追って来て、今夜は心静かに眠れるだろうと言った。

アスリーヌ家の墓地からセーヌ河は見えなかった。祖父に届いた手紙の中に、お墓はセーヌ河の見えるところにあるとしたためられていたのがあったことを思い浮かべ、もう五時半だというのに夕暮れの気配のない墓地からあちこちを見渡し、佐和子は二つの高層ビルが視界をさえぎっているのに気づいた。あのビルがなければセーヌ河が見えるのだろう……。

頭部が円形の、大きな茶色の墓碑が四つ並んでいた。左側に、〈アダムス・アスリーヌ〉、その隣に〈ローリーヌ・アスリーヌ・タヌマ〉、その右側に〈マリー・アスリーヌ・タヌマ〉、そして右端に〈ミレイユ・アスリーヌ〉と刻まれた墓碑は、他家の幾つかの墓碑と比して、ひときわ目立つ大きさだった。

わずらわしいほどの数の鳩が、佐和子と滝井以外誰もいない墓地の砂利道に群がっていた。長い期間、誰も詣でていないと思わせる寂寞《せきばく》感が、四つの墓碑の周りに漂っていた。

「もしマリーが生きてたら」

と滝井が口をひらいた。

「マリーは、自分のお墓を何度も見ただろうな。どうして自分のお墓があるのかを考えただろうね」

滝井は、そう言ってから、佐和子が買って来た花を置く場所を捜し、それぞれの墓碑の前の、平たい石の上に付着する泥や苔を手で払った。

「ぼくには、どうしても推論が成り立たないよ。なぜアスリーヌ夫人は、ローリーとマリーが一緒に死んだって嘘をつかなければならなかったのかって推論がね。自分のたったひとりの孫を、つまり最愛の娘の忘れ形見を、田沼祐介という日本人に渡したくなかったっていうだけで、こんなに手のこんだ嘘をつくだろうか。それだったら、自分のエゴイズム以外、何物も念頭になかったってことになる。そんな異常なエゴイズムのために、何人もの人間に大きな不幸を与えるような人だったとは思えないんだ。たとえマリーがみつかっても、アスリーヌ夫人の真意が闇の中のままで終わるんだったら、マリーをみつけだすことは、結局、ぼくたちのエゴイズムにすぎないんだぜ」

「ぼくたち？」

佐和子は、墓碑の前に花を置いていきながら、滝井を振り仰いだ。

「ぼくたちじゃなく、この私だけのでしょう？」

滝井は、少し顔を赤くさせ、

「いや、ぼくたちと言わせてもらいたいな。ぼくは、田沼祐介氏の日記も、彼に届いた手紙も全部読んだんだ。ぼくも、マリーは生きてるって信じた。マリーに逢って、どんな人生を生きてきたのかを知りたくてたまらなくなった。だから、佐和子さんと一緒にパリに来たんだ」

と言った。

佐和子も滝井も、そのあとひとことも言葉を交わさず、四つの墓碑の前で立っていた。ここには、祖父も来た。ゴーキさんも来た。そう思ったとたん、佐和子の心に、若い祖父のうしろ姿が、夕日を浴びて浮かびあがった。

第六章　グエン・ヤーの話

グエン・ヤーが営む南龍飯店にいた客たちがあらかた姿を消したのは、閉店時間に近い十二時前だった。

佐和子と滝井は、店に入って席についたとき、ご主人のグエン・ヤーさんはいらっしゃるかとベトナム人のウエイトレスに訊いただけで、あとはほとんど無言で料理を食べた。料理は庶民的ではあったが、ベトナム人がつくっているとは思えない本格的な味付けで、決していんちきな中華料理などではなかった。シャルル・クルゾワは、きっと香港の高級ホテルで、西洋人の味覚に合わせた中華料理を食べ、そっちのほうを本物と思い込んだのであろう。佐和子と滝井が食事中に交わした言葉らしい言葉は、それだけだった。

店の広さは、丸いテーブルが五つ、窮屈にひしめいているだけで、ついたては中国風、天井からは日本のちょうちん、壁のあちこちにはベトナム風らしい木で編んだ人形が飾られ、フランス語と広東語による汚れたメニューが各テーブルに置かれている。それでも、店は繁盛していて、予約せずに訪れた客たちの中には、夜になると急に涼しくなった街路に立って待ちつづける者もいるほどだった。

グエン・ヤーとおぼしき七十過ぎのベトナム人は、どうやら自分を訪ねて来たらしい日本人を調理場の窓から不審気に覗き見たが、別段、どんな用件なのかを尋ねようとはしなかった。

「おいしかった。このチャーハンは最高ね。パリのこんな辺鄙《へんぴ》なところで、こんなにおいしいチャーハンが食べられるなんて思わなかった」

佐和子は、調理場の窓に視線を投じながらそう言った。滝井は同感の意をあらわして何度も頷き、さあそろそろグエン・ヤーと話をしようといった顔つきで立ちあがった。

調理場の窓のところに行き、フランス語で話しかけた。やがて、汚れた調理服を着たグエン・ヤーが、テーブルにやってきて、細い目で佐和子を見つめ、自分は昔、確かにクロード・アスムッセンの家のコックをしていたが、なにぶんにも遠い昔のことだし、一介のコックにすぎなかったので、アスムッセン家のことについてはほとんど何も知ってはいないと用心深そうに言った。

「グエン・ヤーさんは、アスリーヌ社をご存知でしょうか」

と佐和子は訊き、椅子に坐るよう勧めたが、グエン・ヤーは、脂で光る顔をわずかにしかめたまま、坐ろうとはしなかった。

「グエン・ヤーさんに訊けば、アスリーヌ夫人のことがわかるだろうって、シャルル・クルゾワさんに教えていただきましたの」

「シャルル・クルゾワ？」

グエン・ヤーは、いっそう用心深そうに佐和子と滝井を見やり、

「あんたたち、シャルル・クルゾワと知り合いかね」

と訊いた。つまらない策をめぐらすよりも、さしさわりのない点においては正直であるほうがいい。佐和子は、いかにも頑固そうなグエン・ヤーから警戒心を取るためには、どうすればいいだろうと考え、自分がなぜここを訪れたのかをかいつまんで説明した。

マリー・アスリーヌという名前が佐和子の口から出た瞬間、グエン・ヤーの表情に変化が生じた。それはあきらかに驚愕を隠そうとして思わず口元がひきつったように見えた。

「マリー・アスリーヌは、私の祖父とローリーヌ・アスリーヌとのあいだに出来た娘なんです。つまり、私の父とマリー・アスリーヌは、母親の違う姉弟ということになりますの」

しかし、グエン・ヤーは、首を横に振り、

「アスリーヌ夫人の名前は耳にしたことはあるけど、逢ったことはない。私が、アスムッセンさんの家でコックをしてたのは、ヒトラーが、パリに入って来た年の十二月だ。そのあとのパリはひどい状態でね。私たちベトナム人の身も危なかった。アスムッセンさんに迷惑がかかっちゃいけないから、私はそれからすぐにアスムッセン家を出て、ベトナム人の友だちの家に逃げた。それ以後、アスムッセンさんとは逢わなかった。だから、あなたの知りたいことは、何ひとつ答えてあげられないよ」

もうこれ以上話す必要はない。グエン・ヤーはそんな顔つきで、ウエイトレスに何か言い、入口の明かりを自分で消した。

「アンドレ・アスムッセンが、いまどうしているかご存知ありませんかしら」

佐和子は訊いた。

「アスムッセンさんの息子とは、一度も顔を合わせたことはないんだ。彼は、戦争が始まると自分で志願して軍隊に入ったそうだ。だから、彼がいまどうしているのかを、私が知っているはずはないよ」

「じゃあ、アスムッセンさんの奥さんは？　奥さんは、いまどうしていらっしゃいますか？」

グエン・ヤーは調理場の前に置いてある小箱から煙草を出し、佐和子に背を向けたまま火をつけた。そして、

「もうとうに死んだよ。私は、死んだという噂を聞いただけだ。一九四八年だったかな。サンフランシスコで死んだそうだよ」

と答え、

「きょうは忙しかった。早く店を片づけて家に帰りたいんだけどね」

そう迷惑そうに言って、調理場に入ってしまった。

佐和子と滝井は顔を見合わせた。滝井はかすかに微笑み、

「彼は、しつこく食いつくだけの価値があるエサだ」

と小声で言うと、笑顔で調理場の小窓をあけ、グエン・ヤーに何か言った。グエ

ン・ヤーが言い返し、さらに滝井は何か言った。グエン・ヤーは怒りの表情でまくしたて、二人の伝票を見て、代金を請求した。

「今夜は、ひとまず帰りましょうか」

その滝井の言葉で、佐和子は代金を支払ったが、

「私は、ただマリー・アスリーヌのことを知りたいだけなんです。マリーに逢うためにパリに来たんです。ただそれだけなんです」

とグエン・ヤーに言ってみた。すると、

「死んだ人間に逢えるはずはないよ。あなたは、マリー・アスリーヌが生まれてすぐに死んだってことを知らないのかい？」

そう苛だたしげに言って両腕をひろげた。

「そんな話、いま初めて聞きました。マリーは死んだんですか？」

なんだそんなことも知らないのか……。グエン・ヤーは、あきれ顔で溜息をつき、

「墓地へ行ってみな。ちゃんとマリー・アスリーヌ・タヌマって刻んだ墓がある」

そこまで言って、慌てて口をつぐんだ。滝井がまた何か言った。長いやりとりのあと、グエン・ヤーは、突然、怒鳴り始め、調理場にいた若いコックを呼んだ。ベトナム語で話し合っていた若い痩せたコックが、きつい目で、滝井に出て行くよう促し

た。鎖骨が大きく飛び出した体が迫って来たので、佐和子は怖くなって、滝井の腕をつかむと店から出た。

タクシーなど通らない暗い道をセーヌ河畔に向かって歩きながら、

「グエン・ヤーに何を言ったの？」

と佐和子は滝井に訊いた。

「あんたは、アスリーヌ夫人の名前だけは耳にしたことはあるけど、逢ったことはないって言ったじゃないか。アスムッセン家でのコックの仕事を辞めて以来、クロード・アスムッセンとも逢っていないって言った。それなのに、どうしてマリー・アスリーヌが生まれると同時に死んだことや、墓にタヌマという日本名が刻まれてるのを知ってるんだって問い詰めたんだよ」

「その前には何を言って怒らせたの？」

滝井は、いたずらっぽく笑い、

「シャルル・クルゾワは、あんたの中華料理をいんちきだと言ってた。だけど、パリでこれだけ本格的な中華料理を出す店は少ない。シャルル・クルゾワは、あんたに何か恨みでもあるのか？　そう訊いたら、急に怒りだしたんだ」

と答えた。

「グエン・ヤーは、きっとたくさんのことを知ってるわね」

「徹底的に、あの爺さんにつきまとってやる。あの爺さんは、絶対にアンドレ・アスムッセンの居場所を知ってるさ」

「でも、ちょっとやそっとのことでは喋りそうにないわ」

「誠意を尽くすさ。それで駄目なら、グエン・ヤーの弱味を捜そう。彼はシャルル・クルゾワを憎んでる。なぜ憎んでるのか。それを調べよう」

「シャルル・クルゾワを憎んでる理由がわかったら、グエン・ヤーの弱味がみつかるの？」

佐和子は真冬のような冷気に身を縮めながら滝井に訊いた。

「それはわからないよ。だけど、外国で暮らしてるベトナム人は、意外に一匹狼が多い。そこが中国人と違うところでね。ベトナム人同士のつながりってのは、案外浅いんだよ」

十五分ほど歩くと、セーヌ河に沿った通りに出た。滝井は、すぐ近くで黄色く光っているエッフェル塔を見やり、

「ぼくは、いまからバオ・ジェムに逢ってくるよ。彼は車を二台持ってるから、一台をしばらく貸してくれって頼んでみる。人捜しに、いちいちタクシーを使ってたら、

らちがあかないからね」

「車を貸してくれるかしら」

「ぼくは脅迫の名人でね、イタリア娘のことを婚約者にばらすぞって言ったら、車の一台や二台、すぐに貸してくれるさ。彼の婚約者は、南ベトナム軍の元高級将校の娘で、カンヌにヨットハーバー付きの豪邸を持ってるんだってさ。サイゴン陥落のとき、祖国や民衆を捨てて、あぶく銭を山ほど持って逃げだして来た男の娘だ。バオ・ジェムは、その娘と結婚するんじゃなくて、ヨットハーバー付きの、カンヌの豪邸と結婚するんだよ。イタリア娘とのことがばれたら、あいつは勘当されて路頭に迷うからね」

「最後まで闘わずに、祖国を見殺しにして亡命してきた人たちが、どうしてそんな豪勢な生活が出来るの？」

「途方もない大金を、ちゃんとスイス銀行に隠してた。その金は、武器や弾薬を北ベトナムに横流しして儲けた金だよ」

「北ベトナムに？　敵に武器や弾薬を売ってたの？」

「ああ。アメリカの若い兵隊は、いったい何のためにベトナムの密林で死んでいったんだろうね。でも、フランスやアメリカに亡命した南ベトナムの政治家や軍人も、身辺は穏やかじゃないんだ。もう何人もが、不慮の事故で死んでる。豪勢な邸宅に住んでても、実際は、みじめな境遇だ。身の安全を大金で買いつづけながら生きてるんだから。バオ・ジェムは、カンヌの豪邸さえ手に入れれば、それだけで儲け物だって親父に説得されたんだってさ」

滝井は、国際免許証を持って来てよかったと言いながら、タクシーを停めると佐和子を乗せた。そして、

「マリーは生きてるね。もう間違いない」

と言った。

「今夜、ぼくは遅くなるかもしれない。グエン・ヤーがいつパリに住みついたのか。パリに住みついてからどんな人生を送って来たのか。それを、いろんなベトナム人から聞き出してやるよ。とにかく、グエン・ヤーを攻めるのが、目下のところ最良の手だ」

タクシーが走りだすと、滝井は追って来て、

「ぼくの旅行鞄の中に、田沼祐介氏に届いた手紙が全部入ってる。二十二って数字をつけた封筒があるから、その中の手紙を読んでみてくれ。クロード・アスムッセンから届いた手紙なんだ。彼からの手紙は、その一通だけだ。日本語に訳したものも一緒

にその封筒に入ってるよ」

そう大声で言った。

佐和子は窓越しに大きく頷き返し、すべてが黄色い照明に浮きあがっているかのようなパリの街を、シェラミ・ホテルへと帰って行った。

よほど何度も、滝井は祖父に届いた手紙を読み返したのであろう。そうでなければ、クロード・アスムッセンから届いた手紙に付けてある番号を、きちんと記憶しているはずはない。佐和子はそう考えると、滝井に手紙の翻訳を依頼したことが嬉しくなった。彼の言葉どおり、滝井は滝井で、マリーに逢いたいのだ。祖父の日記と、祖父に届いたフランス語の手紙をすべて読んで、滝井の中には、やはり大きな歴史のうねりと何人かの人生が明確に形成されている。自分とは無関係な、顔も見たこともない幾人かの人々の生死の劇が、滝井の中にも強く居坐ってしまった……。

佐和子は、体のどこかに熱を感じて、ぼんやりパリの夜道に目をやっていた。その熱は、決して不快なものではなく、なんだか生まれて初めて自分の中で動きだした女の部分から放射される熱のような気がした。

ホテルに帰ると、佐和子は自分の部屋の鍵と滝井の部屋の鍵を女主人から受け取り、エレヴェーターに乗った。廊下でアルジェリア人の掃除婦とすれちがった。タニンという名の掃除婦は、小声で、何時ごろ寝るかと佐和子に訊いた。風呂に入ったり、クロード・アスムッセンの手紙を読んだりしていたら、ベッドに横になって目を閉じるのは、二時を過ぎるだろうと考え、

「二時ごろね」

と答えた。タニンは小さく笑い、エレヴェーターを指差した。屋上にスウィッチがあり、それを切ると、エレヴェーターは止まってしまう。よく故障するので、主人はまた故障だと思うだろう。修理屋が来るまでにスウィッチを入れておけばいい。それまではエレヴェーターは動かない。どうかいい夢を。タニンは声を殺して、たどたどしい英語でそう言った。

佐和子は、自分の部屋とまったく何もかも同じ造りの、滝井の部屋に入り、ベッドの上に置かれてある旅行鞄をあけた。衣類はすべて、小さな簞笥にしまってあるらしく、滝井の旅行鞄の中には、古い手紙の束とパリの地図、それに日本から買って来た煙草が入っているだけだった。

手紙の束は、青い大きな紙袋で包んであり、確かに封筒の端に数字が書き込まれていた。佐和子は、二十二という数字をつけてある黄ばんだ封筒を捜し出し、それを持

って自分の部屋に戻った。スリッパに履き換え、通りに面した窓をあけると、黒いインクで書かれたクロード・アスムッセンの書体にしばらく見入ってから、それを訳してある滝井の文字に目を移した。クロード・アスムッセンが祖父に書き送ったその手紙は、予想していたよりもかなり長文で、日付は一九二五年七月十三日となっている。

親愛なる友・ユースケへ

今日まで手紙を書かなかったことをどうかお許し下さい。あなたからのお手紙は、全部で七通、確かに受け取りました。

そして今日まで、あなたの問いにお答え出来なかった私の心中もお察し下さい。あなたの多くの疑念に、いったい誰が、どのように答えることが出来るでしょうか。ローリーも、赤ん坊も、お産のときに死んだのです。これは真実です――このような冷たい事務的なお返事を書かねばならないのは、私にはとても辛かったのです。しかし、いつも礼儀正しかったあなたの顔立ちや喋り方などを思い浮かべるたびに、やはり、真実は真実としてお伝えしなければならないと考え、やっとペンを持って、机に向かう気持になりました。

私と私の妻は、病院で、死んでいるローリーを見たあと、あなたとローリーとのあいだに生まれた赤ん坊の死体を見ました。顔の半分が紫色になっていましたが、そして目を閉じて決して動きはしませんでしたが、私たちはその不幸な赤ん坊の顔に、間違いなく東洋的な雰囲気を感じました。ローリーとあなたの子供は、死んでいました。

本当は、私はここで手紙を終えたいのです。あなたの心情を思うと、私には、これ以上書きつづけるための言葉を思いつくことが出来ません。ローリーと赤ん坊への、あなたの愛情や執着がどれほどのものであるか……。私たちには充分に理解出来るだけに、なおさら、事実について冷静であらねばならないと考える次第です。

私は、まもなくパリを離れ、妻と息子をともなってウィーンへ行く予定です。ウィーンに小さな家を借りました。郊外の森に囲まれた家で、庭には地面を斜めに掘ったワインセラーがあります。ですが、そのワインセラーには一本のワインも入っていません。そこは、〈オレンジの壺〉になることでしょう。

私は最近、あなたとよく議論をした〈民族〉の問題について、思いを傾けるようになりました。どんなアナーキストであろうとも、どんなボヘミアンであろうとも、それぞれの民族性を断ち切ることは出来ないに違いありません。

〈オレンジの壺〉も、いつかこの命題の前で苦慮しなければならないときが来る――。あなたはそう断言されました。私自身の中において、〈民族性〉の問題は取るに足らないものだったのですが、そして、その問題はすでに解決済みだと思い込んでいたのですが、そうではなかったことを最近思い知ったのです。

私たちは、真に平等であり得るだろうか。難破する船から救命ボートに乗り移るとき、私は同胞の友と東洋人の子供のいったいどちらを優先するだろう……。そのとき、私たちの理想は、ちっぽけなエゴイズムによって粉々に崩れてしまうかもしれない。あなたが断言したことは、近い将来、明確な現実となって私たちに襲いかかって来るかもしれない。私は、そんな予感に苦しんでいます。

個人のエゴイズム――。この魔物に、私たちはいつも狂わされてきました。人間は、まだ一度も、自分のエゴイズムを超克したことはないようです。

そのことは、私自身を見つめれば、即座に分明となるのです。なにもダンテの『神曲』を読む必要はない。なにもゲーテの『ファウスト』を読む必要はない。私たちの周りには、自尊心とエゴイズムが渦巻いているのですからね。

私は東洋を旅するのが夢でした。六十歳になったら、どこで死んでもいいという覚悟を定めて、インド、シャム、ベトナム、中国、そして日本へと旅をするつもりでした。ですが、それはついに〈夢〉で終わりそうです。私は、常識的な家庭人であり、臆病者で、ささやかな正義すら為せない人間です。私の身近に起こったある事件が、そのことを私に思い知らせました。

戦争とは、個人のエゴイズムが増殖した結果として生じるもののようです。近いうちに、と言っても二年や三年の先ではありませんが、前の戦争よりもはるかに破壊的な戦争が起こるでしょう。それは満ちて来る潮のように、世界のあちこちで膨れあがりつつあります。このような悪い予感は、なぜかよく当たるものですからね。パリは汚れてきました。人々の心が乱れてきたからでしょう。売国奴たちが、微笑みながら横行しています。私には、そんな気がするのです。誰もかれもが、売国奴に見える。私がそう言うと、妻は本気で心配し、私を精神科医に診せようとしました。お仕事は順調でしょうか。ヤコブ・ギブソン社の社長は変人ですが誠実な人間です。

それでは、あなたの健康とお仕事の発展を祈っています。そして、あの思いがけない不幸から、どうか一日も早く立ち直られますように。

クロード・アスムッセン

どうして滝井が、この手紙を読むようにと言ったのか、佐和子にはよくわからなかった。何度も読み返し、滝井の思惑を解せないまま、手紙を封筒に戻すと、シャワーを浴びた。

佐和子は髪を洗いながら、ふと、ゴーキさんは、このクロード・アスムッセンからの手紙を読んだだろうかと考えた。祖父は、ゴーキさんにマリーの生死を調べさせる際、フランスから届いた数十通の手紙を見せたそうだから、きっとこの手紙もゴーキさんは読んだに違いない。

佐和子は滝井が帰って来るのを待っていられなくて、日本がちょうど朝の八時であるのを確かめ、慌ててバスルームから出た。そして、濡れた髪にバスタオルをターバンみたいに巻きつけ、ゴーキさんの家に国際電話をかけた。

「パリからですか？　電話代が勿体ないな」

ゴーキさんは無愛想に言った。

「私、シャルル・クルゾワという人に会ったんです。その人から、グエン・ヤーというベトナム人がクロード・アスムッセンのコックをしていたことを聞きましたの。グエン・ヤーは、間違いなく真相を知ってますわ」

佐和子は何から話せばいいのか整理がつかないまま早口でそう言った。

「シャルル・クルゾワ？　パリの菓子食品組合を牛耳ってる男ですな。へえ、よくあいつが佐和子さんと会いましたね。私は何回も面会を申し込んだが、とうとう会えませんでしたよ」

「父が手紙を出しておいてくれたんです」

「なるほど。私がパリに行ったころと違って、いまや田沼商事は、シャルル・クルゾワにとったら最大のお得意さまですからね。そう無下《むげ》には断われんというわけですな」

「ゴーキさんは、クロード・アスムッセンの手紙をお読みになりました？　たった一通だけ、一九二五年に、おじいさまに手紙を出してるんです」

「クロード・アスムッセンからの手紙ねェ……。いや、読んだ記憶はありませんな。先代は、全部の手紙を私に見せたわけじゃありません。何か手がかりになりそうだと思える手紙だけを見せてくれたんです。つまり、アスリーヌ社やアスリーヌ夫人にゆかりのある人たちの名前を私に教えようとなさった。私は、その人たちを捜してパリを歩き廻った」

「じゃあ、クロード・アスムッセンが、いつ、どこで、どんな死に方をしたか、ご存知ないんですね？」

「パリが解放されたころに死んだという噂を耳にしただけです。ほんとは、クロード・アスムッセンのことを知りたくてシャルル・クルゾワに会おうとしたんです。クルゾワは、クロード・アスムッセンが亡くなったあと、菓子食品組合のボスにおさまったんですからね」

ゴーキさんはそう答えてから、

「国際電話で長話は勿体ないですよ」

と言った。それなのに、

「おい、椅子を持って来てくれ」

と夫人を呼ぶ声が受話器から聞こえた。

「クロード・アスムッセンは、パリが解放されたあと、ピストルで自殺したんですって」

と佐和子は言った。

「自殺？ ナチスがパリから撤退したあとに？」

「ええ。シャルル・クルゾワはそう言ってました」

「それはちゃんとした裏づけを取ったほうがいいですね。自殺なのか病死なのか、それとも誰かに殺されたのか……。その点は非常に重要です。パリが解放されたあとに自殺するというのは、確かに謎ですよ。だって、クロード・アスムッセンはユダヤ人だった。だが、彼はうまく逃げおおせて、ドランシー収容所には行かなかった。身の危険が去ったあとに自殺するなんて、ちょっと腑に落ちませんな」

佐和子は、クロード・アスムッセンの手紙をゴーキさんに読んで聞かせた。読み終えると、すぐにゴーキさんは、もう一度読んで聞かせてくれと言った。佐和子はこんどはゆっくりと読んで聞かせた。

「売国奴か……」

ゴーキさんはそうつぶやき、

「先代からお聞きした話や、私が調べたかぎりにおいては、クロード・アスムッセンは、非常にやり手の事業家でしてね、アスリーヌ夫人に優るとも劣らないほどの情熱を、〈オレンジの壺〉に注いでました。極めて緻密な戦略家でもあったし、雄弁でもあった。ですが、どうも本質的には陽気な性格ではなかったらしい。これは、先代の感想です。何かの議論で、ほとんどケンカみたいになったとき、彼は突然気弱な表情を見せ、その後、数ヵ月、口もきいてくれなかった。先代はそうおっしゃってましたな」

ゴーキさんは、そのあと、何度も、

「民族性か……。民族性か……」

とつぶやいたが、

「私は、いわば退役軍人でね、何のお役にもたちません。パリから私の家に電話で報告して下さるのは、お金の無駄遣いですよ。それよりも手紙を下さい。私も手紙を差し上げましょう。ずっと、そのホテルに泊まるつもりですか？」

「はい、そのつもりです」

佐和子は、シェラミ・ホテルの住所をゴーキさんに教えてから電話を切った。

「うわあ、三十二分も日本に電話をかけちゃった。緊縮財政なのに」

そうひとりごちて、ベッドにあお向けになり、目を閉じた。エレヴェーターの音は聞こえなかった。タニンがスウィッチを切ってくれたのであろう。佐和子はそう思いながら、しばらく目を閉じていた。

「〈オレンジの壺〉なんて、私にはどうでもいいわ。私は、マリーに逢いたいだけ。マリーを捜し出したいだけなの。戦争だとか民族だとか売国奴だとか、そんなややこしいことなんか、どうでもいいの」

小声でつぶやいているうちに、あやうく眠ってしまいそうになり、佐和子は緩慢な動作で起きあがると、髪を乾かすためにバスルームに行った。そのとき、遠くで滝井の声がしたように思った。耳を澄ますと、通りのどこかから滝井のフランス語が聞こえ、それにつづいて、女性の声も聞こえた。

佐和子は部屋の明かりを消し、そっと窓辺に近づくと、通りをさぐった。車が一台、街灯の下に停まっていて、その横に、滝井とミレーヌが向かい合って立ったまま、何やら話し込んでいた。

滝井とミレーヌの声は次第に大きくなり、やがて、滝井はホテルの玄関へと歩きだしたが、ミレーヌは追いすがってきて滝井の腕に絡みついた。フランス語でのやりとりは、佐和子にはさっぱりわからなかったが、ふたりのあいだに険悪なものはまるで感じられず、それどころか親密さが漂っているのに気がついた。

滝井とミレーヌは再び車のところに戻り、二、三分話し込んでから車に乗り込むと、どこかへ去って行った。

佐和子は窓の鍵をかけ、ベッドに横たわった。ふいに怒りがこみあげてきて、枕を床に投げた。

「何だと思ってるの？　別れた奥さんとよりを戻すためにパリに来たつもりなのかしら。いろんなベトナム人に逢って、グエン・ヤーのことを調べるから、今夜は遅くなるですって？　よくもそんな嘘をついてくれるわ。私にそんな嘘をついて、別れた奥さんと逢ってたんじゃない。馬鹿にしてるわ。馘《くび》よ、馘。フランス語が喋れる日本人なんて、パリにはたくさんいるのよ。仕事をしない人なんて、絶対に馘だわ」

佐和子は、投げつけた枕を手さぐりで捜し、それをつかんで、こんどは壁に投げた。

滝井がホテルに帰って来たのは、夜明け時だった。浅い眠りの中で、何度も目を醒まし、寝返りを打っている佐和子の耳に、なんだかひどく疲れきったように感じられる足音が階段を昇ってきて、

「なにもこんな日にエレヴェーターが故障しなくてもいいだろう」

という滝井のつぶやきが聞こえた。その声は、すぐに聞き覚えのある日本の童謡の鼻歌に変わって、佐和子の部屋の真上へと遠ざかった。

「お疲れになったうえに、ご機嫌なのね」

佐和子は胸の中で滝井に嫌味を吐き捨て、再び何度も寝返りを打ったあと、眠ろうと努めた。一時間ほどたったが、とうとう眠れず、旅行用の目覚まし時計を見た。五時十分だった。

きょうの予定はまだ何も決めていなかった。靄《もや》のかかっているような意識のまま顔

を洗い歯を磨いて、佐和子は窓のカーテンをあけた。向かいの建物の輪郭すらはっきりしないくらいの濃い霧がたちこめ、セーヌ河のあたりから船のエンジン音が響いていた。

服に着替え、レインコートを持って、佐和子はホテルを出ると、道を渡ってセーヌ河畔に立った。大きく息を吸い、かすかに見えている橋に向かって東へと歩いた。歩いているうちに髪が湿り、首筋や膝のあたりにも湿りが拡がるのを感じた。

毛の長い小型犬とその飼い主が佐和子の横を通り過ぎた。手入れの行き届いた犬の毛も、濃い霧によって濡れそぼっていた。佐和子は、自分の全身も、濡れそぼってしまえばいいのにと思い、レインコートを脱ぎかけたが、思いのほか冷気は強くて、いったん外したボタンをかけ直し、河を上っていくはしけの船首に灯る明かりを目で追った。

佐和子は、きょうは何があっても、かつて祖父が住んでいたアパルトマンの近くに行ってみようと決めた。元の建物は第二次大戦の最中、空襲で壊れてしまったに違いない。けれども、それらは戦前のものに近い形で建て直されているかもしれない。もしかしたら、建て直された場所には、アパルトマンの女主人にゆかりの深い人が、いまも住んでいるのではあるまいか。祖父を覚えている人がいるかもしれない。

それにしても、一九二〇年代の初めに、たいしたコネクションも持たず、祖父はよくもまあ単身でパリへやって来たものだ。佐和子は、河べりの、大きな石を重ねて設けてある手すりに凭れ、生前の祖父の姿を思い描いた。そして、祖父の日記の冒頭に登場したあやという名の女性に思いを馳《は》せた。

祖父がなぜあやと結婚出来なかったのかも、いまとなっては、その真相を知ることは困難であった。けれども、そのあやとの別離がなければ、あの時代、祖父はひとりでパリへ出向いたりはしなかったのではあるまいか。なんとなく、佐和子にはそんな気がした。

けれども、祖父にアスリーヌ社製のジャムの味を教えたのは、あやなのだ。そのことは、はっきりと日記に書かれている。そのとき祖父の中に、アスリーヌ社製のジャムを日本で販売したいという思いが生じたのだ。

佐和子は、祖父が若き日に愛したあやという女性を、物静かなくせに、どこかにお、き、や、ん、なところを隠し持つ人として、いつのまにか心の中に造型していた。祖父がパリへ発ったころ、あやは金沢に住んでいたらしい。あやには男の子がひとりいて、夫はどうやら肺結核で療養中だった。あのころ、結核は死の病だった。栄養を取って安静にしている以外に治療法などなかったのだ。

ローリーを喪くし、ローリーとのあいだに出来た子供をも喪った祖父は、日本に帰国したあと、あやと再会することはなかったのであろうか。

佐和子は、少し人の数が増えたと思われる河畔を離れ、欄干にライオンの顔を彫刻してある幅広い橋を渡った。霧はいっこうに晴れなかった。焼きたてのパンの匂いが漂っている路地に足を向けると、三軒の惣菜屋が並び、その向かいにパン屋があった。惣菜屋は、いましがた店をあけたばかりらしく、魚のフライからは湯気があがっている。

タクシーの運転手が、プラスチックの弁当箱を持って、太いソーセージとイワシのフライ、それにキャベツとニンジンのサラダを買った。

佐和子が、三軒の惣菜屋を覗いているうちに、客たちでごったがえしはじめた。客の大半が、若い女性だった。朝食ではなく、勤め先の昼食用らしく、それぞれ形も大きさも異なるランチボックスを持っていた。

十何種類ものサラダ、オリーブの実とレバーとを炒めたもの、大粒のスパイスを振りかけたパテ、ソースのかかった骨付きのラム……。それらを見ているうちに、佐和子は気が晴れてきて、滝井にいじわるをしたくなった。佐和子は、イワシのフライとゼリーで固めた蒸し鶏肉、そして、キャベツとじゃが芋のサラダを買い、ついでにアップルパイも二切れ包んでもらうと、パン屋の行列に並んで、その店の名物らしい大きな黒パンを買った。

ホテルの女主人に気がねをして、そっと玄関の前に立ち、誰もいないのを見届けてからドアをあけると、女主人が、

「おはよう」

と大声で言って、階段を降りて来た。アルミの容器に入れた惣菜に目をやり、女主人は、にぎやかに喋りまくった。食べ物を外で買って来たのを咎められているのだと思い、佐和子は、

「おいしそうだったので、つい買ってしまったんです」

と英語で言った。しかし、女主人は、佐和子を咎めているのではなかった。彼女は笑顔で事務所に引っ込むと、すぐに一冊のぶあつい写真集を手に戻ってきた。それは、細密に描かれたパリ市街図で、たとえばあるページには、一六一五年の、セーヌ河とシテ島を中心としたパリの全景図が載っていて、別のページには、フランス革命時のバスティーユ広場とその周辺の鳥瞰図《ちょうかん》があるといった具合だった。

女主人は、一九二四年と印刷されたページをあけた。そこにも、セーヌ河とシテ島を真ん中に、パリの全景を細いペンで丹念に描いた絵が載っていた。

きっと女主人は、滝井から旅の目的を聞いたのだろう。くわしくは喋らないまでも、一九二三年に起こった小さな事件のことを知る手だてを、滝井はこのシェラミ・ホテルの女主人に相談したのかもしれなかった。

女主人は、写真集を持って行けと促した。そして、エレヴェーターが故障して申し訳ないと身振り手振りで謝った。佐和子は礼を言い、大きな写真集を小脇に階段を昇った。日本語で、

「もうじきタニンが来たら、エレヴェーターは動きだすのよね」

とつぶやき、自分の部屋に入った。毛布をかぶってベッドに横たわっているうちに少し眠った。寒さで目を醒まして、窓をあけたままだったことに気づき、佐和子は、風邪をひいてはいけないと考え、バスタブに湯を溜めて、体を温めた。それでも喉の痛みが気になり、念のために風邪薬を服《の》んでから、惣菜屋で買って来た品をテーブルに並べ、滝井が起きるのを待った。

滝井から電話がかかってきたのは、佐和子が待ちくたびれて、自分のほうから部屋に電話をかけようかと思い始めたときである。

「すみません。寝すごしちゃった」

と滝井は言った。

「だって、一晩中、グエン・ヤーのことを調べ歩いてたんだもの。お疲れになってて当然ですわ」

佐和子は、自分でもはっきりそれとわかるくらい刺のある言い方で応じた。

「あれ、機嫌が悪いな。朝食はどうしました？」

「まだですわ。一晩中動き廻ってた人よりも先に食べちゃうなんて、なんだか申し訳なくて」

「ぼくのことなんか気にしなくて、先に食べてくれたらいいのに。とにかくそっちへ行きます」

滝井は佐和子の部屋に入るなり、テーブルに並べた惣菜に目をやり、嬉しそうに言った。

「こりゃあ、うまそう。どこで買って来たんです？」

「朝早く散歩して、橋を渡ったところの路地で、あつあつのイワシのフライなんかを売ってる店をみつけたの。もう冷めちゃったけど、ひさしぶりの魚だから、大事に食べようと思って」

「これ、イワシでしょう？　ぼくはイワシのフライが大好物でね」

「イワシのフライは、私が食べるんです。この蒸し鶏をゼリーで固めたのも、私用なの。キャベツのサラダも、じゃが芋のサラダも、私の大好物だから、滝井さんは下の食堂で召しあがって下さいな」

滝井は、伸ばした手を止め、よほど急いで剃ったらしい髭のカミソリ負けがあちこちに出来ている剃りあとを指先で撫でながら、当惑顔で佐和子を見つめた。

「これ、全部、佐和子さんがひとりで食べるんですか？」

「ええ。残ったら、お昼にまた食べるつもりなの」

「なんか怒ってるんだな……。何に怒ってるんです？　ぼくが寝坊したから？」

「いいえ。一晩中、グエン・ヤーのことを調べ廻って、疲れ果てて帰って来た人が朝寝坊をしたからといって、私、怒ったりなんかしませんわ」

「なんか刺があるな、その言い方には」

滝井は、佐和子の表情を探りながら煙草に火をつけた。

「私、煙草は吸わないんです。吸うんだったら、窓をあけて煙を外に吐き出して下さいね。じゃあ、私、いただきますから」

佐和子は、パンをちぎり、イワシのフライを口に入れた。

「おいしい。いい塩加減だし、揚《あ》げ方が上手なのね」

佐和子に言われたとおり窓ぎわに行き、滝井は窓をあけて、煙草の煙を外に吐いた。

「ああ、私、少し風邪ぎみなの。窓は閉めといて下さい。まだ霧は晴れてないでしょう？」

滝井は、煙草を消し、外に投げ捨てると、窓を閉めて、

「つまり、ぼくに出て行けってわけかな？」

と訊いた。

「出て行けなんて言ってませんわ。窓を閉めて下さいって言っただけ」

「イワシのフライ、十四もありますよ。それ、全部、ひとりで食っちゃうつもり？　ぼくには一匹もくれないってわけですか……。何を怒ってるんです？」

佐和子は黙っていた。黙っていると、いったんおさまっていた腹立ちがぶり返した。

「ひょっとしたら、佐和子さんは、ぼくのあとをずっと尾《つ》けたんじゃないんですか？」

その滝井の言葉で、佐和子はかっとなった。

「私がどうして滝井さんのあとを尾けなきゃいけないの？　馬鹿馬鹿しい。滝井さんは、一晩中、グエン・ヤーの」

佐和子の言葉をさえぎり、滝井は、

「その、一晩中、グエン・ヤーをっていうの、やめてくれないかなァ。ぼくは、グエン・ヤーのことを調べてなかったんだから。それを説明するつもりで佐和子さんの部屋に来たんですよ。ぼくは、バオ・ジェムに逢って車を借りたんだけど、そのあとミレーヌのアパートに行って、彼女の相談事にのってたんです。だから、結局、グエン・ヤーのことを調べられなかった。だけど、バオ・ジェムから、グエン・ヤーがどこで中華料理を本格的に学んだのかを教えてもらった。グエン・ヤーは、最初、クロード・アスムッセンに雑役夫として雇われたんです。だけど、簡単な中華料理が作れた。ベトナムで生まれ育ったんだから、簡単な中華料理ぐらいは作れる。でも、クロード・アスムッセンは、もっといろんな中華料理を作れってグエン・ヤーに言って、中国領事館のコックに弟子入りさせたんですよ。そのコックとグエン・ヤーと、それにバオ・ジェムの親父が、三人並んで写ってる写真がある。ぼくは、バオ・ジェムに頼んで、その写真を内緒で貸してもらってから、ミレーヌのアパートに行った。そのつもりはなかったんだけど、ミレーヌに泣きつかれて、しぶしぶミレーヌのアパートに行き、つまらないヒステリーにつきあわされてた」

滝井は、一枚の古い写真を上着のポケットから出し、それを佐和子に手渡すと、イワシのフライを手でつかんで口に放り込んだ。

「私のイワシ、勝手に食べないで」

そう言ってから、佐和子は古い写真に見入った。何かのパーティーの会場で写したものらしく、二人のベトナム人と、あきらかに中国人と思える男のうしろに、正装したフランス人が数人談笑していた。

佐和子には、三人のうちのどれが、グエン・ヤーなのかわからなかった。そのうちのふたりはひどく痩せていて、どう見ても十四、五歳としか思えなかった。

「真ん中が、グエン・ヤーです。写真のうしろを見て下さい」

と滝井が言った。

「日付が書いてある。一九三四年二月ってね。いまから五十四年前だ。グエン・ヤーもバオ・ジェムの親父さんも、十六歳だった。第二次世界大戦勃発の五年前で、パリがナチスに占領される六年前ですよ」

そして滝井は、パンを頬張り、もう一匹イワシのフライを口に運び、

「うしろに写ってるタキシードの男の左隣、つまり、その写真に写ってる人間で一番左端にいる人間は、誰だと思います。バオ・ジェムの親父は、写真に写ってる人間の名前を、全部、写真の裏に書いたんです。何のためなのかはわからない。単に記念の

ためだったのかもしれないし、別の思惑があったのかもしれない」

佐和子は、写真の裏に目をやった。下手なうえに癖字で、佐和子には、読めなかった。

「アンドレ・アスムッセンて書いてあるんです」

と滝井は言い、電話でカフェオレを注文した。


〈下巻へ続く〉

本書は、一九九六年十一月に講談社文庫より刊行された
『オレンジの壺』を改訂し文字を大きくしたものです。

|著者|宮本輝　1947年兵庫県神戸市生まれ。追手門学院大学文学部卒。'77年『泥の河』で太宰治賞、'78年『螢川』で芥川賞、'87年『優駿』で吉川英治文学賞をそれぞれ受賞。'95年の阪神淡路大震災で自宅が倒壊。2004年『約束の冬』で芸術選奨文部科学大臣賞を受賞。著書に『道頓堀川』『錦繡』『青が散る』『避暑地の猫』『ドナウの旅人』『ひとたびはポプラに臥す』『睡蓮の長いまどろみ』『焚火の終わり』『草原の椅子』『森のなかの海』『星宿海への道』『にぎやかな天地』『骸骨ビルの庭』『宮本輝全短篇』（全２巻）など。ライフワークとして「流転の海」シリーズがある。最新刊は『三千枚の金貨』（上・下）。

新装版《しんそうばん》　オレンジの壺《つぼ》(上)

宮本《みやもと》 輝《てる》

講談社文庫

定価はカバーに
表示してあります

2010年９月15日第１刷発行

発行者──鈴木　哲
発行所──株式会社　講談社
東京都文京区音羽2-12-21　〒112-8001
電話　出版部（03）5395-3510
　　　販売部（03）5395-5817
　　　業務部（03）5395-3615

デザイン─菊地信義
本文データ制作─講談社プリプレス管理部
印刷───豊国印刷株式会社
製本───株式会社国宝社

Printed in Japan

落丁本・乱丁本は購入書店名を明記のうえ、小社業務部あてにお送りください。送料は小社負担にてお取替えします。なお、この本の内容についてのお問い合わせは文庫出版部あてにお願いいたします。

ISBN978-4-06-276763-7

講談社文庫刊行の辞

二十一世紀の到来を目睫に望みながら、われわれはいま、人類史上かつて例を見ない巨大な転換期をむかえようとしている。

世界も、日本も、激動の予兆に対する期待とおののきを内に蔵して、未知の時代に歩み入ろうとしている。このときにあたり、創業の人野間清治の「ナショナル・エデュケイター」への志を現代に甦らせようと意図して、われわれはここに古今の文芸作品はいうまでもなく、ひろく人文・社会・自然の諸科学から東西の名著を網羅する、新しい綜合文庫の発刊を決意した。

激動の転換期はまた断絶の時代である。われわれは戦後二十五年間の出版文化のありかたへの深い反省をこめて、この断絶の時代にあえて人間的な持続を求めようとする。いたずらに浮薄な商業主義のあだ花を追い求めることなく、長期にわたって良書に生命をあたえようとつとめるところにしか、今後の出版文化の真の繁栄はあり得ないと信じるからである。

同時にわれわれはこの綜合文庫の刊行を通じて、人文・社会・自然の諸科学が、結局人間の学にほかならないことを立証しようと願っている。かつて知識とは、「汝自身を知る」ことにつきていた。現代社会の瑣末な情報の氾濫のなかから、力強い知識の源泉を掘り起し、技術文明のただなかに、生きた人間の姿を復活させること。それこそわれわれの切なる希求である。

われわれは権威に盲従せず、俗流に媚びることなく、渾然一体となって日本の「草の根」をかたちづくる若く新しい世代の人々に、心をこめてこの新しい綜合文庫をおくり届けたい。それは知識の泉であるとともに感受性のふるさとであり、もっとも有機的に組織され、社会に開かれた万人のための大学をめざしている。大方の支援と協力を衷心より切望してやまない。

一九七一年七月

野間省一

島尾敏雄
夢屑
執拗に描き続けてきた〝夢〟。何故、著者はこれほどにも〝夢〟にこだわったか？人の心の微妙な揺らめきに、しなやかな文学的感受性を示した島尾敏雄の名作八篇。
解説＝富岡幸一郎　年譜＝柿谷浩一
978-4-06-290097-3　しB5

服部達
われらにとって美は存在するか
「メタフィジック批評」を提唱し、新たな批評の原理を模索しながらも、自死した服部達。第三の新人と伴走する新世代批評家として嘱望された彼の代表作を精選。
編・解説＝勝又浩　年譜＝齋藤秀昭
978-4-06-290098-0　はL1

三田文学会編
三田文学短篇選
創刊以来百年の掲載作品から、森鷗外「普請中」、久保田万太郎「朝顔」、坂口安吾「村のひと騒ぎ」、松本清張「記憶」、吉行淳之介「谷間」など、計十三篇を収録。
解説＝田中和生
978-4-06-290099-7　みK1

舞城王太郎　九十九十九
舞城王太郎　山ん中の獅《し》見《み》朋成雄《ともなるお》
舞城王太郎　好き好き大好き超愛してる。
舞城王太郎　NECK《ネック》
松尾由美　ピピネラ
松久淳・田中渉・絵　四月ばーか
松浦寿輝　花腐《くた》し
松浦寿輝　あやめ鰈ひかがみ
真山仁　ハゲタカ(上)(下)
真山仁　ハゲタカ2(上)(下)
真山仁　虚像の砦
毎日新聞科学環境部　理系白書〈この国を静かに支える人たち〉
毎日新聞科学環境部　「理系」という生き方〈理系白書2〉
毎日新聞科学環境部　迫るアジア　どうする日本の研究者〈理系白書3〉
前川麻子　すきもの
町田忍　昭和なつかし図鑑
松井雪子　チル☆
牧秀彦　裂《れっ》帛《ぱく》〈五坪道場一手指南〉
牧秀彦　凛《りん》々《りん》〈五坪道場一手指南〉
牧秀彦　雄《ゆう》飛《ひ》〈五坪道場一手指南〉
牧秀彦　清《せい》冽《れつ》〈五坪道場一手指南〉
真梨幸子　孤《こ》虫《ちゅう》症《しょう》
まきの・えり　ラブファイト(上)(下)〈聖母少女〉
牧野修　黒娘　アウトサイダー・フィメール
毎日新聞夕刊編集部　女はトイレで何をしているのか？〈現代ニッポン人の生態学〉
前田司郎　愛でもない青春でもない旅立たない
間庭典子　走れば人生見えてくる
松本裕士　兄弟〈追憶のhide〉
枡野浩一　結婚失格
三浦哲郎　曠野の妻
三浦綾子　ひつじが丘
三浦綾子　岩に立つ
三浦綾子　青い棘《とげ》
三浦綾子　イエス・キリストの生涯
三浦綾子　あのポプラの上が空
三浦綾子　小さな一歩から
三浦綾子　増補決定版　言葉の花束〈愛といのちの792章〉
三浦綾子　愛すること信ずること
三浦光世・三浦綾子　愛に遠くあれど〈夫と妻の対話〉
三浦明博　死《し》水《すい》
三浦明博　サーカス市場
宮尾登美子　東福門院和子《まさこ》の涙
宮尾登美子　新装版天璋院篤姫(上)(下)
宮尾登美子　新装版　一絃の琴
皆川博子　冬の旅人(上)(下)
宮崎康平　新装版　まぼろしの邪馬台国　第1部・第2部
宮本輝　朝の歓び(上)(下)
宮本輝　ひとたびはポプラに臥す1～6
宮本輝　新装版二十歳《はたち》の火影《ほかげ》
宮本輝　新装版命の器
宮本輝　新装版避暑地の猫
宮本輝　新装版　ここに地終わり　海始まる(上)(下)
宮本輝　新装版　花の降る午後(上)(下)
宮本輝　新装版　オレンジの壺(上)(下)
峰隆一郎　寝台特急「さくら」死者の罠
宮城谷昌光　俠骨記
宮城谷昌光　夏姫春秋(上)(下)

2010年9月15日現在